la Scala

DACIA MARAINI

Tre donne

Una storia d'amore e disamore

Rizzoli

ISBN 978-88-17-09696-6
Prima edizione: novembre 2017

L'editore si dichiara pienamente disponibile ad adempiere ai propri doveri per l'illustrazione di copertina di cui, nonostante le ricerche eseguite, non è stato possibile contattare l'avente diritto.

Tre donne

23 novembre

Odio i diari ma come una scema ne tengo uno in mano e ci scrivo pure, il problema è dove cavolo nasconderlo, mia madre per fortuna non è curiosa, ma mia nonna sì, una scimmia che ficca il naso dappertutto, anche se non mi denuncerebbe mai, la pensa come me, ma non mi va che legge quello che scrivo, questa è proprietà privata, vietato entrare, via, sciò! ho rotto con un martello la parete che è abbastanza spessa e poi ho chiuso il buco con una lastra di ferro che scivola in su e in giù e si può aprire e chiudere con un lucchetto attaccato a un chiodo dalla testa a occhiello e questo mi basta, poi ci ho appeso un quadro sopra e buonanotte, una abitudine che mi è rimasta da quando ero bambina: un diario, mia madre quando ci sono di mezzo libri o quaderni è sempre lì che mi dice: leggi! scrivi! e io con le mie piccole mani che neanche riuscivano a tenere in piedi una penna, provavo per fare piacere a lei, buttavo giù disegni, ghirigori, e alcune parole con una scrittura da cane ammaestrato, una malattia di famiglia, una sciagurata abitudine che mi ha contagiata come una malattia, ci sono le malattie di famiglia, no? eccomi qui col quaderno in mano, come mia nonna prima e poi mia madre, anche se mia nonna per tanti anni è stata sul palcoscenico e non le piace scrivere, ma parlare sì e così registra i suoi pensieri, un diario sonoro insomma, mio nonno prima di morire pare che scriveva poesie e la incoraggiava a mettere i pensieri sulla carta, mio padre, che è morto di leucemia sui trentotto anni, scriveva pure lui: articoli di sport, così dice mia madre, che io me lo ricordo appena perché è andato via quando avevo tre anni e mia madre è rimasta sola e ha dovuto mettersi a lavorare, e che poteva fare, visto che per lei scrivere e leggere in varie lingue era come respirare? la traduttrice, è chiaro! non poteva fare altro, lavorava e lavora tredici ore al giorno, praticamente si dimentica di mangiare per stare dietro alle parole... il fatto è che la pagano poco e sta sempre in bolletta, meno male che mia nonna guadagna qualcosa con le iniezioni, è così brava che la conoscono in tutto il quartiere e la chiamano da tutte le parti.

Caro François,

proprio poco fa mia figlia Lori mi ha chiesto com'è possibile che ci scriviamo da tanti anni. Tu cosa le avresti risposto? A me sembra naturale, è il nostro modo di parlarci da lontano. Detesto la tecnologia che vorrebbe semplificarci la vita e in realtà ce la complica, o comunque ce la appiattisce rendendola prevedibile e volgare. Non mi piace trovarmi davanti a uno schermo. Uno schermo di vetro, arrogante che si crede onnipotente, incorniciato dall'alluminio che riflette la luce e tiene ben nascosto nel suo corpo ottuso un groviglio di fili che s'intrecciano.

Ma mamma, le mail arrivano nel tempo che tiri un respiro, vuoi mettere con le lentezze della posta! ha commentato mia figlia Lori.

È proprio quello il bello, Lori, la lentezza ha un suo valore nascosto ma profondo: la lentezza del pensiero, la lentezza della parola, la lentezza della scrittura, il grande privilegio di un tempo di sciatte velocità; la lentezza che pianta i suoi semi nella carne, allunga le radici, cresce, si fa foglia, fiore, albero, il respiro dell'universo. Così le ho risposto e so che tu la pensi come me.

Mamma, tu voli troppo alto, stai attenta a non romperti la testa cadendo, fra l'altro sembri molto più vecchia di tua madre che a sessant'anni usa il computer, manda mail a tutto spiano e non sai che fa col telefonino e le chat! Mia figlia vuole avere sempre l'ultima parola.

Se si diverte così, lasciala stare, ho ribattuto, io sono per la libertà.

Ma quale libertà, questa è arretratezza, ha replicato lei, tu vivi in una dimensione letteraria e non sai proprio cosa sia il mondo, forse non l'hai mai saputo, mamma.

Come se il mio lavorare per tenere in piedi la famiglia non fosse stare nel mondo, e prendersi le proprie responsabilità, le ho fatto notare.

A questo punto ha taciuto la ragazzina temeraria, perché sa che senza di me non avrebbe una casa, del cibo in tavola e anche di che comprarsi un motorino e pagarsi i libri per la scuola. Non è un rimprovero, vorrei solo che fosse un poco più consapevole. Ma è piccola, ha solo diciassette anni. Crescerà.

Sto lavorando alla traduzione di *Madame Bovary*. E sempre di più mi convinco che la persona più umana del racconto è proprio il tartassato Charles, che Flaubert tratta come l'ultimo degli ultimi. Eppure è il solo che sa amare, il solo a soffrire per la morte di Emma, il solo che non la inganna e non la disprezza. Se non fosse così goffo e maldestro, e se l'autore non lo riempisse di ridicolo a ogni pagina, sarebbe un personaggio che si fa voler bene. Quando ci vedremo per Natale voglio leggerti le pagine che ho finito di tradurre. Peccato che in italiano si perdano i suoni delle parole che in un pignolo come Flaubert hanno un senso preciso, direi quasi carnale.

Ho riguardato le fotografie del nostro ultimo viaggio in Egitto, di poco precedenti allo scoppio della primavera araba. Si sentiva un odore nuovo nell'aria e tu l'hai annusato quell'odore di libertà, l'hai capito subito che stava succedendo qualcosa. Peccato che sia finita così male. Ti ricordi quella sera sul barcone-ristorante con i tuoi amici, dopo cena, quando ci siamo affacciati sul Nilo e tu avevi gli occhi scintillanti di gioia? Mi piace quando sei contento. Mi sento subito contenta anch'io. Il fiume scorreva nero e tranquillo, le luci ciondolavano sulle sue acque scure, la città si rifletteva bellissima su quel liquido color caffè e tu hai citato una poesia di Baudelaire, mi ricordo ancora i primi versi, che si sono fissati subito nella mia memoria: *Sous une lumière blafarde. / Court, danse et se tord sans raison. / La Vie, impudente et criarde.* Abbiamo sentito delle voci lontane e tu hai detto che in quel momento si stava decidendo qualcosa di grandioso: tanti giovani in cerca di libertà e nessuno li avrebbe fermati, ti ricordi? Invece li hanno fermati, maledizione, eccome se li hanno fermati. Ma secondo te il sentimento di libertà è indotto dalla cultura o è innato in ognuno di noi? ti ho chiesto, e tu hai risposto: Anche un uccello in gabbia sa cos'è la libertà pur non potendo spiegarlo.

Stanotte ho sognato che mi chiamavi al telefono e mi dicevi che non riuscivi a dormire perché un uccello ti stava beccando il fegato. Come Prometeo? chiedevo io da scema che legge troppo. E tu, che hai il naso sempre nei libri come me, hai ribattuto che Prometeo in greco vuole dire *colui che riflette prima.* Ma se avesse riflettuto prima, Prometeo avrebbe davvero rubato il fuoco al dio dei cieli? Mi chiedo quanto ciascuno di noi rifletta prima di agire. Tu per esempio non mi sembri uno che riflette prima, forse durante sì, sei riflessivo, ma l'azione ha bisogno di una certa incoscienza, non credi?, l'azione richiede slancio, determinazione: e se uno riflette prima di agire, che succede? Dubita, rimanda, magari rinuncia. Il che non sarebbe nemmeno un male se l'azione è maligna, ma se l'azione è generosa, perde qualcosa nel riflettere prima? Direi proprio che tu sei uno di quelli che riflettono *mentre* fanno le cose, non prima, insomma, che usi il pensiero come uno strumento di conoscenza, non come un meccanismo di dubbio. E qui sento la tua voce che dice: Che ne sai? forse sono più riflessivo di quanto pensi. Mi piace la tua voce, François, hai una voce unica che riconoscerei fra mille, una voce profonda e apparentemente opaca, quasi anonima, ma che poi, ad ascoltarla bene, ci senti gli echi dentro che si rompono, si espandono come radici lontane e sbocciano in un incantesimo musicale. Avresti potuto fare l'attore, avresti avuto un grande successo, lo penso davvero. La tua è una voce sensuale, pacata, adatta al sereno ragionamento. Avresti potuto fare il filosofo, o anche lo psichiatra. Con quella voce saresti capace di placare un pazzo furioso. Invece ecco, ti sei buttato nella finanza, ti sei messo a trafficare coi numeri. Lo so che i tuoi colleghi ti considerano un folle intellettuale che mangia libri e scrive di nascosto poesie senza senso, ma sta di fatto che sei prigioniero di quella stupida società e che hai le ferie contate.

Poco fa, rileggendo una tua lettera ho sentito chiara e festosa la tua voce, François, la tua voce che ogni volta mi fa sobbalzare. Soprattutto quando reciti a memoria le poesie che ami tanto: Rimbaud, Baudelaire, Verlaine. Ci sguazzi nella poesia, come direbbe mia figlia Lori, ti ci inzuppi, ne esci fradicio e contento. Mi fai venire in mente quello che racconta un sopravvissuto ai campi di sterminio nazisti in un libriccino di memorie che ho tradotto qualche anno fa.

Verso sera, dopo una giornata terribile di lavoro durissimo nel lager, affamati e disperati, alcuni amici francesi si riunivano nel solo posto in cui i nazisti non andavano: il cesso del campo, un luogo puzzolente e disgustoso, col pavimento di cemento sporco di orina e sangue, un fetore che toglieva il respiro. I bei tenenti delle SS dalla divisa pulita e gli stivali lucidi non amavano quel luogo di dolore e di lerciume. Ebbene proprio lì si riunivano i nostri amici per ascoltare le poesie imparate a memoria quando erano ragazzi. La voce recitante era come un canto, ma un canto sommesso che non si poteva udire fuori dalla porta, un sussurro ritmato, e le poesie miracolosamente davano loro la forza di andare avanti, capisci?, la forza di sopravvivere in quel luogo di tortura e di morte.

Mi ha molto impressionato questa descrizione e

credo di avere capito da quel racconto quale forza possano avere le parole quando diventano musica e pensiero: una struggente e commovente strategia di sopravvivenza.

Con tanto amore, tua

Maria

26 novembre

Stamattina ero da Mario che se ne sta rigido sullo sgabello, col camice addosso, mentre mi infila gli aghi sulla schiena, ha gli occhi da gallina, freddi fissi e dorati, il naso gli gocciola, la mano con l'ago elettrico va su e giù seguendo il disegno... mi ha fatto vedere dentro uno specchio come sta venendo il grande serpente piumato del mio futuro: è gonfio, rosso e nero, e soffia dalle narici, come piace a me. Mario si morde le labbra coi denti e lavora, manda un odore di sudore e di caffè, non ci farei l'amore neanche se fosse rimasto il solo uomo sulla terra, ha qualcosa del topo che traffica nei sotterranei, anche se è bravissimo a disegnare sulla pelle della gente. Perché vuoi un drago? mi ha chiesto con quella sua voce di gallina. Perché sì. Ti faccio male? Un poco. Non voglio dargli soddisfazione, il drago sta entrando nella mia pelle, lo sento soffiare e basta così... del dolore, chissenefrega!

Ore 11

Col drago ancora fresco sulla schiena mi sono fiondata da Tulù, stavo per fare un volo di dieci metri perché mi sono distratta a guardare un ragazzo bellissimo che mi passava proprio davanti e col motorino ho preso una buca. Una voragine vuoi dire, Tulù si è messo a ridere quando gliel'ho raccontato, quel coglione, ho dovuto suonare tre volte prima che mi veniva ad aprire, ha girato la maniglia, ha aperto uno spiraglio di porta guardandosi in giro come se si aspettasse la polizia, gli occhi a spillo dalla fessura e il fiato corto, Sono io, apri! Ah sei tu, Lori, dài, entra, ma che hai fatto? sei tutta rossa... mi sfilo il maglione e lui rimane di sasso. Chi te l'ha fatto? Mario il Mago, dico, te lo ricordi che veniva al bar del tennis con noi, ho avuto lo sconto, ti piace? Un sacco, pare vero, è arrabbiato questo drago, a chi vuoi fare paura? A chi mi vuole aggredire di spalle, che dici, com'è? Bellissimo! Allora facciamo l'amore per festeggiare? Prima devo prendere il caffè, ne vuoi anche tu? Ne ho già presi tre, ma vada per il quarto, mi piace guardare Tulù che traffica in cucina, che poi non è una cucina ma un buco che non ci sta neanche un tavolo per appoggiare le cose, per questo tiene sempre aperta la porta finestra che dà sul balcone dove ha appoggiato una cassetta rovesciata che fa da tavolino, il caffè è una ciofeca, glielo dico, ride, per fortuna che ha un buon carattere, l'amore però non lo sa fare, è imbranato, però ha un bel culo, senza peli, nonna Gesuina giudica i caratteri dai culi, me lo dice sempre, facendo le iniezioni a pagamento ne vede tanti di sederi, dice che appena li scopre, capisce tutto: se è a punta, se è peloso, se è sparso di macchie rosse, se facilmente fa la pelle d'oca, se è grinzoso come il collo di un tacchino, se è bello liscio e pieno, insomma dice che i sederi parlano e lei capisce quel linguaggio alla perfezione, il culo di Tulù è bellissimo, morbido ma anche sodo che te lo mangeresti a morsi, però a lui non piace tanto che lo vedono nudo, fa l'amore togliendosi le mutande all'ultimo momento dopo essersi sfilato la camicia con gesti lenti e precisi, la appende allo schienale della sedia, si leva i pantaloni e li piega ben bene e poi li appoggia, senza una grinza, sulla sedia, a lui piacciono le cose lente, fatte con calma: le scarpe, una accanto all'altra, mai impolverate o macchiate, sembrano uscite dal negozio nuove nuove in quel momento, anche il pigiama è bello pulito e stirato, con tutti i bottoni chiusi, come stamattina che evidentemente ancora dormiva quando sono arrivata, Sono le undici e stai ancora a letto? Ho fatto tardi, Lori, oggi non mi va di andare a scuola, Manco a me, E che hai detto a tua madre? Niente, che vuoi che dica, tanto non mi sta a sentire... mi ha visto prendere la giacca e lo zaino e uscire, basta così, non le viene neanche in mente che a scuola non ci vado, che ho un appuntamento con Mario il Mago per farmi disegnare un drago sulla schiena, è tonta mia madre, chissà a cosa pensa, se avessi un lavoro e non dipendessi da lei, non ci rimarrei un momento in quella casa pallosa con mamma e nonna sempre addosso, Tua nonna non faceva l'attrice? Da mo' che ha smesso, ora fa le iniezioni a pagamento, Niente più teatro? E chi la vuole una vecchia di sessant'anni? Be', non è che sono poi tanti sessant'anni, anche mia madre ha sessant'anni, ma si veste come una ragazzina e tanti le corrono dietro, Tua madre è tua madre, mia nonna è mia nonna, anche se pure lei ci tiene, non credere, ha rinunciato a recitare, ma più che rinunciato l'hanno cacciata perché non andava alle prove, si innamorava di tutti gli attori con cui recitava, e spesso anche dei tecnici e passava il tempo ad amoreggiare dietro i sipari di scena, be', però se la vedi quando si mette in ghingheri, sembra una di vent'anni più giovane, è ancora bella mia nonna, se non fosse curiosa come una scimmia e maligna come una volpe, ci starei bene con lei, sa raccontare e poi è spiritosa.

Ore 17

Preso il caffè, fatto l'amore con Tulù, ma così così, non sembra che ne ha molta voglia, ho sentito dire a scuola che gli piacciono i ragazzi, ma sarà, a me sembra solo uno che ha paura di lasciarsi andare e per questo è impacciato, non mi pare gay, è un ragazzo strano, fa l'amore da timido, a occhi chiusi, in fretta e senza dire una parola, a me piace il suo odore di ricotta e camomilla, sembra un bambino appena nato che succhia ancora il latte dalla mamma, mi piace quell'odore e così chiudo gli occhi anch'io e mi sembra di cullarlo: *hush-a-bye my baby, / on the tree top / when the wind blows / the cradle will rock…* una ninna nanna che mi cantava la nonna quando ero piccola, lei lo conosce bene l'inglese, qualche volta chiacchieriamo e m'insegna qualche parola, parla pure il francese, è una forza, mia nonna, non so come ha fatto a mettere al mondo una svampita come mia madre.

Ore 20

Ridendo ridendo Tulù ed io abbiamo mangiato dei biscotti che sapevano di muffa seduti sul balcone che dà su altri balconi carichi di piante, per fortuna non si vede mai nessuno, ma dico, tu che sei sempre così ordinato, non potresti comprare dei biscotti nuovi? questi sono scaduti! lui ride, farebbe venire i nervi col suo ridere, se non avesse quei bei dentini da gatto, lucidi e puliti, così scintillanti che a volte fa pensare a uno squalo, povero Tulù, così ricco di famiglia e povero di testa, non è che sia scemo, è solo chiuso, chiuso come un riccio e se ti avvicini troppo, caccia le spine, poco prima di godere si è tirato fuori da me perché non vuole mettermi incinta, ha preso uno scottex in cucina, mi ha pulita dal suo seme, ha piegato la carta in quattro e poi ancora in quattro e l'ha cacciata sotto il portacenere sul comodino, che poi lui non fuma e perciò che ci sta a fare quel portacenere, non si sa, forse per bellezza, che dentro ci sta scritto *Benvenuti a Capri* e c'è il mare dipinto di blu con delle onde bianche spumose e una barchetta piccolissima.

Ore 22

Ecco mi piacerebbe farmi tatuare una barca che va sulle onde alte, mi piace il mare, mi piace correre sulle onde quando è mosso, ma poi ho visto quel drago su un pallone che ballava al vento e ho detto, no, voglio quello, i draghi poi chi sono? Delle creature che ci inventiamo noi, ha risposto Tulù, esistono i draghi?

No, Allora da dove vengono? Dalla mia testa, dalla tua, Tulù, solo che tu non ce lo terresti mai un drago nella testa, mi sa che nella capoccia tu tieni degli scaffali ben ordinati con sopra degli orologi, dei libri che nessuno legge ma rilegati e altri portacenere che ti ricordano viaggi mai fatti.

Ore 23

A me poi l'amore la mattina non mi piace, c'è sempre quel sapore di saliva vecchia e i capelli che sanno di cuscino sudato, ma due che si conoscono da anni, che sono compagni di scuola, che si raccontano i fatti loro, cosa possono fare di prima mattina in un giorno palloso e senza sorprese? fanno l'amore, non sta scritto da nessuna parte, ma si fa e basta, forse perché non c'è altro da fare, dopo si prende il caffè e poi la doccia e alla fine Tulù si siede avvolto nell'asciugamano e mangia uno yogurt, ma che sia magro, dice, perché lui ci tiene alla linea, e prende tutto al negozio bio, una gioielleria la chiama mia nonna, perché lì dentro una carota più storta che dritta te la fanno pagare tre euro, ti pare possibile?

2 dicembre

Ore 16

Pronto, pronto, pronto... uno, due, uno, due, tre... tse, tse... ti sei messo in moto, stupidissimo registratore? Uno, due, uno due, pronto, pronto, pronto? Più piccolo di così non potevi essere. Ti ho scelto perché eri maneggevole, facile da tenere in tasca, che quando mi va ti accendo, ma non devi farmi penare. Cosa c'è, si è consumata la batteria? No, ecco, ora si è acceso, ma che lentezza registratorino mio! Allora, siamo pronti? Che cazzo di giornata! Ho dormito male, mi sono alzata tardi. Quando sono andata dal fornaio per un cornetto caldo, c'era un sacco di gente e ho dovuto aspettare. Simone era al banco, sudato per i gesti rapidi con cui doveva tirare fuori il pane dallo scaffale, incartarlo, prendere i soldi, dare il resto, tirare fuori un altro filone, aprire un'altra busta, cacciare dentro il pane, prendere i soldi e così via. Quando mi ha visto mi ha sorriso, ma un sorriso storto e affaticato. Sembra che oggi abbiano tutti fretta, sgomitano per prendere il pane e portarselo via. In mezzo a quel buon odore di crosta appena sfornata io ci sarei rimasta una giornata intera a guardare i gesti veloci di Simone, le sue braccia nude e muscolose, il suo lungo collo sudato, i suoi capelli ricci che scivolano sulla fronte, le sue belle mani che corrono da uno sfilatino all'altro, la sua bocca dalle labbra rotondette, i suoi occhi grandi e miti. Che stai a fare sempre da quel fornaio? chiede mia nipote Lori che è curiosa e intrigante. Mi piace il fornaio, che male c'è? Mia nipote mi spia, ma io la lascio spiare, è pettegola come una zanzara, ronza ronza e poi ti punge. Ma io la lascio ronzare. Una piccola vampira a dirla tutta ma mi vuole bene, lo so, noi due ci intendiamo, contrariamente a quella svampita di mia figlia. Maria è fragile come un uovo di giornata. Se appena la tocchi, si rompe. Eppure ha la perfezione dell'uovo che è liscio, chiuso e perfetto. Solo che se lo appoggi sul tavolo, rotola via e poi si spacca.

Mia nipote mi capisce, mi sostiene, è complice insomma. L'altro giorno ho fatto venire il fornaio a casa, con la scusa di aiutarmi a portare due chili di pane. L'ho fatto entrare e poi, dietro la porta della cucina, ci siamo baciati di corsa, senza neanche abbracciarci. Lori stava di guardia dietro l'uscio. Di solito tiene la bocca chiusa e sorride. Questa volta invece mi ha aggredito: Ti rendi conto che quello è un ragazzo, ha la mia età e tu potresti essere sua nonna! Se è attratto da me come io da lui, che ci posso fare? rispondo io ma ho il tono di chi si giustifica, mentre dovrei difendere con più forza la libertà dell'amore che non conosce età, che si fa pane, sudore, fiato, respiro, calore, eccitazione, tutto per via del piacere del gioco amoroso. Dovrei essere più decisa, più sicura, e invece sono sempre in soggezione di fronte alla protervia giovanile di mia nipote Lori.

È rientrata Maria con i sacchi della spesa. Ho usato la scusa delle borse pesanti. Il fornaio era imbarazzato e io pure, ma Maria non si accorge mai di niente, pure se mi trovasse in mutande col fornaio nudo, andrebbe di filato al tavolino a ficcare il naso nei libri, come se fosse cieca. Maria è distratta come una rosa invernale, un disastro vivente, però è anche vero che ci mantiene con le sue traduzioni, pagate pochissimo, per la verità, ma pagate puntuali. Finalmente ha trovato un editore serio dopo tanti perdigiorno, gente che la metteva a lavorare come una schiava e poi la faceva aspettare sei mesi per darle quello che le spettava. E intanto? Debiti con la drogheria, debiti con il fruttivendolo, debiti con la pescheria, finisce che ti guardano male. E poi mi sa che fra poco non si potranno più fare debiti, perché stanno chiudendo tutte le botteghe, con dentro i vari Andrea, Matteo, Giorgio che mi facevano credito. Ora si aprono solo supermercati e addio crediti, devi pagare sull'unghia. Per fortuna che la mia fama d'infermiera si è estesa. Una attrice che fa l'infermiera? è tutto da ridere, come dice mia nipote. Ma se in tanti anni di palcoscenico più che a recitare ho imparato a curare le malattie, a fare le iniezioni, cosa ci sarà di storto? Ho un'anima da medico, mi piace curiosare nei corpi malati, mi piace capire il male dove sta, mi piace trovare, anzi direi *inventare* le cure. Dovevo fare Medicina anziché quella stupida Accademia, ma mia madre era contro, e tutti mi dicevano che ero nata attrice, e invece no, io sono nata medico solo che non ho potuto studiare Medicina. Sono la maga delle iniezioni, questo lo posso dire con orgoglio. Che poi le persone le giudico dal culo, come ho spiegato a mia nipote. Dal tipo di sedere capisco anche se pagheranno subito oppure no. A quelli che non pagheranno ho la tentazione di lasciare un bel livido, ma non lo faccio, per amore della professione, devo mantenere la mia fama di regina della siringa. Appoggio l'ago sul sedere che divido in quattro con una penna immaginaria, e punto sul quarto di sopra, batto un colpetto con due dita e l'ago penetra che è un piacere. Poi tiro su lo stantuffo per essere sicura di non aver preso una venuzza. Quindi inietto piano il liquido. Quando appoggio il cotone intriso di alcol sulla pelle bucata, mi dicono: Ma come, già fatto? Sì, già fatto, ha sentito niente? No, proprio niente. E io gongolo perché quel sedere parlerà ad altri sederi e poi tutti i sederi del quartiere faranno la fila per farsi pungere da me.

Mia nipote si è fatta tatuare un drago sulla schiena. Nonna, guarda, mi ha detto alzandosi il maglione. Un bellissimo drago: un enorme serpentone dalle scaglie dorate, la testa fiera, una cresta viola e la bocca spalancata da cui escono le fiamme. Io un lavoro così non saprei farlo nonostante le mie abilità di aghista. Be' certo, una cosa è un tatuaggio e una cosa un'iniezione. Ma pure hanno qualcosa in comune: l'ago. Si tratta di iniettare del liquido in un corpo. Solo che da una parte il liquido va a definire e colorare una malattia, mentre nell'altro il liquido va a colorare e definire un sogno sulla carne. Uno agisce per le viscere, l'altro per la pelle. Sono parenti, insomma, lontani cugini, diciamo così.

Ho conosciuto sulla rete un giovanotto. Dice di avere trent'anni ma chissà, mentono tutti là dentro. D'altronde anch'io ho mentito, ho detto che ne ho quaranta. Venti di meno. Ho capito che bisogna fare così. Forse il divertimento sta proprio nel nascondersi dietro maschere diverse. Anche se Pirandello dice che, levata una maschera, ne trovi sempre un'altra. Io ne ho centinaia e mi diverto a cambiarle. E poi vado matta per il gioco: la gente non sa più giocare, a me invece piace rischiare, puntare sul rosso o sul nero e poi aspettare la sorpresa della vincita o della perdita.

Non mi importa di perdere, mi piace quello che viene prima, l'attesa insomma, la cosa più eccitante del mondo: quello stare in bilico sul burrone: ci cadrò dentro a capofitto o rimarrò coi piedi per terra e anzi mi troverò in saccoccia una montagna di monete d'oro? Non parlo di gioco d'azzardo, parlo di gioco amoroso. Rischio sempre e spesso perdo ma qualche volta vinco.

Anche in teatro si perde e si vince, ma più spesso si va a finire nelle nebbie dell'indistinto. Del teatro mi piace la malattia che si porta dietro: la malattia della solitudine, del vagabondaggio, della convivenza con sconosciuti, della finzione ripetuta. Tutte malattie dello spirito che ti rendono a volte esultante a volte depressa e desiderosa solo di morire. Lori dice che mi hanno cacciata perché non stavo alle regole, perché amoreggiavo – ma lei non capisce il gioco amoroso – con i miei compagni di lavoro tanto per passare il tempo, tanto per non annoiarmi troppo. Solo che un attore maschio a ottant'anni lo applaudono sul palco anche se non si regge in piedi, una donna invece la cacciano a pedate: cosa vuoi che interessi al pubblico un corpo sbilenco e avvizzito? Il fatto è che io non ho niente di vizzo, sono una sessantenne miracolata, vuoi vedere le mie gambe? Il fatto è che in teatro a sessant'anni ti considerano già una centenaria. Solo quando è prevista in scena una centenaria, forse la parte è tua. Ma che può fare una centenaria? giusto una comparsata. Può una centenaria essere la protagonista di uno spettacolo? In tutta la storia del teatro non esiste una centenaria protagonista. Perciò fuori, via, lévati dai coglioni!

E così sono finita a fare iniezioni a pagamento. Roba da suicidarsi, se non avessi il senso del comico. Mi concentro sulla geografia dei nei sui fondoschiena, e li vedo come costellazioni: Cassiopea, il Carro maggiore, quello minore, la Stella polare, c'è gente che ha un sacco di nei sui glutei; e poi ci sono i foruncoli che vedo come piccoli vulcani pronti a esplodere, e quelle pieghe nella carne grassa che sembrano tracce di antichi corsi d'acqua. Mi diverto a farli parlare quei culi.

Lo racconto poi a mia nipote, che è la sola che mi sta a sentire. Mia figlia è troppo pudica per seguire il linguaggio dei sederi. Lei si adombra anche solo se pronuncio la parola culo, figuriamoci il resto. Una che legge tanto e sta sempre col naso dentro i libri si scandalizza se dici una parola sconcia, ma che c'è di sconcio in un culo? e come lo vuoi chiamare un culo? Culo, no? è come se io volessi cambiare i nomi alle pentole perché sono dozzinali. Quindi, se volessi una padella, non dovrei dire: *cerco la padella*, ma: *cerco una cosa di ferro a forma di disco.* Ridicolo, no? Nessuno mi capirebbe. Oppure un martello, come lo dovrei chiamare? un pezzo di legno con attaccato in cima un parallelepipedo di ferro? Stronzate!

Potresti usare la parola *sedere*, direbbe mia figlia Maria la pudica, ma è troppo vestita come parola, manca la nudità che si espone quando aspetta una puntura da una mano leggera ed esperta come la mia. Diciamo che il culo è il culo e non c'è niente di male a pronunciarla questa parola, perfino i bambini la sentono volentieri. Non è la stessa mamma che dice: pulisciti il culetto, bimbo mio? Allora, dove sta lo scandalo? Ma mia figlia è una patata lessa, una patata innamorata di quel francesino azzimato, di quel finanziere dalle mani grandi e i piedi piccoli con cui si mettono in viaggio durante le vacanze per esplorare il mondo. L'anno scorso sono andati in Egitto, per poco non sono stati malmenati da una folla di ragazzi inferociti. L'anno prima in India: Calcutta, Benares. Maria ha portato un sacco di fotografie; banalissime a dire la verità, però fatte con la macchinetta fotografica, niente cellulare, niente selfie, i due plantigradi non amano le sofisticherie tecnologiche. Però sull'aereo ci vanno. E scommetto che hanno prenotato gli alberghi via internet. Ma forse no, quei due sono capaci di arrivare a Benares senza avere prenotato uno straccio di sistemazione, andando a finire in un infimo b&b che puzza di merda lontano un miglio e dove gli rubano tutto appena voltano la schiena.

15 dicembre

Caro François,

mia madre è uscita di casa parlando, anzi sussurrando sul suo registratorino tascabile. Anche Lori è uscita sbattendo la porta come al solito. Cosa vorrà dirmi con quel colpo che mi fa sobbalzare? Che non ne può più di questo appartamento, della nonna, della povertà in cui viviamo, delle privazioni che patiamo, di me che traduco tutto il giorno e non sono una buona padrona di casa né forse una buona madre? Potrebbe dirmelo a voce, e a volte lo fa, ma quello sbattere la porta è un linguaggio più deciso e arriva dritto al cervello passando come una freccia avvelenata attraverso le orecchie.

Mi fa pensare alla porta sbattuta di Madame Chauchat – ti ricordi *La montagna incantata*? – quella che entrava sempre in ritardo nella sala da pranzo del sanatorio e sbatteva la porta in modo che tutti i commensali alzassero la testa e guardassero lei che, vestita elegante, altera e bellissima s'inoltrava fra i tavoli? E l'innamorato Hans Castorp che teneva in tasca la radiografia del torace malato di lei, per baciarla di nascosto, te lo ricordi? Le memorie delle letture per una lettrice accanita come me si intrecciano a quelle vissute, buffo, no? si confondono e s'intessono come se le avessi sperimentate di persona: quella porta che sbatte ce l'ho nelle orecchie e mi appartiene come mi appartengono altri ricordi personali. È un vantaggio o una confusione da condannare? Lo chiedo a un altro lettore accanito e quindi la risposta non vale, manca di obiettività. Ma esiste l'obiettività, amore mio? Direi proprio di no, ciascuno tira l'acqua al suo mulino. Purché il mulino macini e produca farina, altrimenti cos'è, un puro gioco d'acqua?

Sono sola nella casa vuota. Mi piace quando sono sola nel silenzio di questa stanza isolata in cui la notte dormo. Avrei tanto voluto uno studio con tutti i miei libri alle pareti, ma la casa non è abbastanza grande. Ciascuna di noi tre ha una stanza, niente di più. Il bagno è unico, come pure la cucina. Se voglio scrivere, devo arrangiarmi con un tavolino incastrato fra letto e finestra, accanto al divanetto che ho spinto contro il muro. Per fortuna il bagno è contiguo alla mia porta e posso entrare e uscire quando mi piace, salvo che Lori non l'abbia chiuso a chiave per fumarci le sue puzzolenti sigarette.

Amo stare sola con te su questo foglio che viaggerà lento per arrivare dentro la tua casa di Lille. Bacio la tua voce roca e deliziosa. Ti devo lasciare per tornare alla traduzione che aspetta.

A presto, spero.

Un abbraccio tenerissimo, tua

Maria

16 dicembre

Rientro a casa e trovo mia madre che scrive una lettera, mica usa il computer, la mia adorabile mammina, lei è lì coi suoi pantaloni sbilenchi, il suo maglione largo e slabbrato, seduta sulla sua sedia ortopedica imbottita e girevole, che scrive una lettera con una penna, signori e signore!, non una biro ma una vera penna stilografica, roba dell'altro mondo, che ogni volta bisogna riempirla di quel liquido nero che se ci passi un dito s'imbratta tutto il foglio, ma a lei piace così, è all'antica mia madre, A chi scrivi? dico così per dire, tanto lo so già che scrive a quel francese ridicolo che ogni tanto telefona e la chiama *mon amour*, sono anni che si scrivono e ogni tre o quattro mesi si vedono: quando il ridicolo ha le ferie, parte da Lille dove lavora e viene in Italia, insieme prendono in affitto una macchina e se ne vanno in giro a fare i turisti: si tengono per mano felici visitando i templi di Agrigento, o le ville romane di Pompei, o le calli di Venezia, ho visto le fotografie, lei le tiene nascoste, Cose mie, dice imbarazzata, ma a chi vuoi darla a bere, mamma, sei innamorata come una cucuzza, tu e il francese mi fate ridere con le vostre smancerie, la nonna e io ce le siamo guardate tutte le foto un giorno che non c'eri e ci siamo fatte le matte risate: due quarantenni che si tuffano in marc dallc parti del Gargano e nuotano a sincrono e poi si baciano su una roccia che sembra uscita dall'acqua apposta per loro… si può essere più assurdi! in casa invece libri e poi libri e poi ancora libri, siamo pieni di carta, classici e moderni, ce n'è per tutti i gusti, perché la mia intellettualissima madre legge come un tapiro, sta sempre con il naso tra le pagine di un libro, ne abbiamo a centinaia, e pare che anche lui, François di Lille, legge tanto, infatti quando partono, si riempiono le valigie di libri, due matti, poi magari gli mancano i calzini di ricambio.

Il drago mi dice che è stufo di stare chiuso in casa, vuole uscire ma devo fare i compiti! Li fai dopo, dài andiamo! E usciamo, ma per andare dove? lui mi preme sulle scapole e io mi precipito giù dalle scale, salgo sul motorino e corro all'impazzata, mi piace il vento in faccia e piace anche a lui che mi sta appiccicato sulla schiena, quando è contento soffia fiamme colorate, vedo dei riccioli di fumo che escono da sotto le braccia, so che è lui che si agita felice, si torce come un verme e mangia chili di aria, gli piace tanto mangiare aria e poi buttarla fuori in forma di nuvola o di fumo, corro, corro ma non so dove vado, lo sa lui il drago che mi spinge da dietro le spalle, ma quando giriamo verso la periferia, finalmente capisco che stiamo andando agli ex giardinetti ora trasformati in discarica per salutare la vecchia barbona che abita sotto i cespugli, mi tocco la tasca per vedere se ho il portafoglio con me, per fortuna sta lì e dorme beato, il drago incalza, passo col rosso rischiando un incidente, ma chissene importa, mi fermo davanti al bar d'angolo e mi faccio versare un doppio cappuccino bollente dentro un bicchiere di polistirolo con coperchio a pressione e infilo due cornetti in una busta, arrivo ai giardinetti che il sole sta calando ed è pieno di mosche, la barbona mi saluta aprendo la bocca senza denti, scendo dalla moto, mi siedo accanto a lei che si sta preparando un poco di latte in polvere sciolto nell'acqua fredda dentro un barattolo trovato chissà dove.

Ti ho portato un cappuccino caldo, anzi due, lei, per ringraziarmi, mi stampa un bacio sulla guancia con la bocca appiccicosa. Niente baci, hai bisogno di soldi? Non risponde ma mi guarda con sospetto: cosa vuole questa scema di ragazzina che viene a offrirmi dei soldi come fossi una barbona? lei si sente una regina degli ex giardinetti abbandonati che ora servono come deposito di rifiuti, ci vive come fosse una casa, in mezzo alle biciclette rotte, ai materassi mangiati dai topi, ai frigoriferi sfasciati, ci vive da assoluta padrona e non capisce cosa voglio da lei, l'esperienza le dice che se uno le viene vicino è perché vuole insultarla o rimproverarla o addirittura picchiarla e mandarla via o magari solo farle la morale, abituata a essere disprezzata e maltrattata non si aspetta niente di buono da chi si avvicina, o sono lì per rubarle quel poco che ha, o per darle una bastonata in testa dicendole di levarsi di torno perché puzza e imbruttisce la città, le porgo timidamente il bicchiere di polistirolo che lei guarda con sospetto, ma poi improvvisamente me lo strappa di mano e se lo tracanna, non li vuoi i cornetti? anche quelli me li strappa di mano ma poi li nasconde, li mangerà dopo quando avrà fame, ha i capelli bianchi a ciocche solide che sembrano scolpite nel marmo e due occhi grandi e bellissimi da angelo che ha appena chiuso le porte di un paradiso troppo composto e noioso, se ne sta qui in questo immondezzaio per il suo comodo, aspettando, ma cosa non si sa, mangia senza masticare ingoiando i bocconi tutti interi, preciso come fa il gabbiano che viene a trovarmi qualche volta sul balcone di casa, sa che gli porto del pane o dell'uva o dei biscotti, mi guarda con quegli occhi cattivi e allunga il collo per afferrare il pezzo di biscotto che ho in mano, ma non mi fa male, è delicato con quel becco micidiale che potrebbe cavarmi un occhio, afferra quello che gli porgo e lo ingoia d'un fiato, non mastica affatto, Ma non ce li hai i denti? gli chiedo e lui allunga il collo per prendere un pezzo di pizza che tengo in mano: è delicato e discreto il gabbiano che quando apre le ali sarà largo due metri, assomiglia come una goccia d'acqua a questa barbona senza denti che ingoia i cornetti e poi lavora con la gola come se li triturasse con l'esofago, io non so perché vengo a trovarla questa barbona lurida dalle mani sporche, dai capelli unti e bisunti che stanno ritti da soli per la sporcizia, mi fa senso, eppure vengo perché il drago lo vuole, sì, ora posso dirlo che è lui che mi ha spinto a venire qui, Mi senti Dorata? la vecchia ha un nome, me l'ha confessato una mattina freddissima quando le ho portato una coperta, si chiama Dorata, Sembra il nome di un pesce, dico e lei ride, quella bocca senza denti mi fa ribrezzo, ma pure le prendo una mano e la stringo perché voglio farle capire che mi è simpatica, anche se mi fa schifo, Ma che ti credi di essere, un novello san Francesco? sento la voce della nonna che mi prende in giro, mi volto ma non c'è nessuno, è il drago che imita come un pappagallo la voce di Gesuina e sono io a ridere questa volta e tiro fuori il portafoglio e metto in mano a Dorata un biglietto da venti, lei spalanca gli occhi come un pesce tirato fuori dall'acqua, e questa volta forse capisce che non voglio niente da lei, non voglio né bastonarla né sputarle in faccia né cacciarla dalla sua tana in mezzo ai rifiuti, con un gesto tranquillo getta il bicchiere di polistirolo dietro di sé nel mucchio della discarica, afferra il biglietto da venti e poi mi volta le spalle e torna a trafficare con un pezzo di bicicletta arrugginita, Ciao! dico e lei non mi risponde, curva su un ferro che cerca di trasformare in qualcosa di utile, dico ancora Ciao! aspettando una risposta che non viene, riprendo il motorino e mi metto a correre verso casa.

17 dicembre

Caro François,

sono appena stata dal medico che dice che ho una colite cronica, di origine nervosa. Ero piegata in due per il dolore, stamattina. Per questo ho lasciato a metà la traduzione a cui lavoro senza sosta. Dovrei camminare di più, stare meno sui libri, mangiare più lentamente e cose cucinate, niente roba cruda che irrita l'intestino, soprattutto mai scatolette aperte all'ultimo momento, non dovrei bere vino, non dovrei mangiare frutta cruda, e poi riposare, riposare, insiste il medico. Ma come faccio a riposare se devo consegnare una traduzione di quasi quattrocento pagine fra pochi giorni? Inoltre devo fare la spesa perché non c'è da contare su mia madre e neanche su mia figlia. Devo cucinare, tenere pulita la casa. Per fortuna che almeno il letto se lo fanno da sole. Anche se Lori si limita a tirare su le coperte. Mia madre invece stende bene le lenzuola e anzi le cambia spesso, dice che vuole roba fresca di bucato, e chi lo fa il bucato poi?

Ma se ti ho comprato la lavatrice! dice piccata rinfacciandomi il regalo di dieci anni fa in un momento di gloria, dopo una comparsata in televisione che le avevano pagato bene e sull'unghia. Ma i panni non ci vanno da soli dentro la lavatrice, bisogna dividerli secondo i colori, mettere il detersivo, controllare che parta bene, poi tirarli fuori tutti attorcigliati, metterli a stendere, e quindi stirarli quando sono asciutti. Anche se ormai non stiro più quasi niente perché non ho proprio tempo. I panni asciutti li piego e li chiudo nell'armadio. Qualche volta la mamma, come per rimproverarmi, si mette a stirare cantando a voce alta.

Ma non voglio annoiarti con le storie di una casa di donne. Tre generazioni di femmine che si sopportano per necessità. Eppure, se mancassero mia madre e mia figlia, mi sentirei disperatamente sola. Gli affetti famigliari sono complicati e covano delle implicazioni sconosciute. Ci si ama follemente ma anche ci si detesta. Si trovano insopportabili i gesti, le azioni, le scelte di chi ci vive accanto, ma nello stesso tempo si pensa con terrore a quando questa intimità terminerà. Lori si sposerà un giorno o l'altro, anche se ancora è presto, ma la vedo inquieta e smaniosa di andarsene. Mia madre morirà, anche se dalla vitalità che dimostra, credo che camperà ancora una cinquantina di anni. Ecco, sono ansiosa, me lo dici spesso anche tu: ti preoccupi troppo Maria, lasciati vivere, non ti consumare per gli altri, pensa a te stessa, dormi di più, risparmiati, lascia che se la sbroglino, se tu non ci fossi, cosa farebbero?

Hai ragione. Ma la mia natura di formichina che raccoglie i granelli per portarli al formicaio mi spinge a correre dalla mattina alla sera, su e giù per quelle che a me sembrano montagne faticosissime e magari sono solo piccole ondulazioni del terreno, dipende dal punto di vista, no? Ho tradotto un libro l'anno scorso che parlava del tempo. Le migliaia, i milioni di anni che hanno vissuto le galassie, e il sistema solare che corre precipitoso con miliardi di stelle che si accendono e si spengono, cosa significano per noi? Alla fine dobbiamo renderci conto che viviamo tanto quanto un moscerino che muore dopo poche ore. Solo che abbiamo imparato l'arte di misurare quella cosa disumana e atroce che è il tempo, abbiamo imparato a dargli un senso, una prospettiva, ed ecco che la vita si distende davanti a noi, si allunga, si protrae gloriosamente. E poi abbiamo inventato quell'oggetto poetico e straziante che è l'orologio. Sul quadrante candido scrutiamo e misuriamo le ore, i minuti, i secondi, e ci sembra di essere padroni del tempo che ci guida e ci regola la vita. Ma il tempo non esiste, François, siamo in balìa del caos, e come per quel moscerino per cui due minuti valgono duecento anni, anche gli umani ingannano se stessi facendo in modo che un giorno diventi un anno e un anno cinquanta, cento anni. Che lusso!

Ti amo, François, non fare caso alle elucubrazioni di una donna ansiosa e perplessa di fronte ai tempi dell'universo. Intanto noi siamo qui, siamo effimeri ma innamorati, e questo ci basta no?

Tua

Maria

18 dicembre

Cominciano i preparativi per il Natale, che barba! mia madre ha il fuoco al sedere perché deve consegnare le sue quattrocento pagine di quel barbosissimo libro di Flaubert ed è in ritardo, ormai non dorme quasi più: fa l'una, le due di notte incollata a quel tavolino e la mattina la trovo già alzata con un vocabolario in mano alle sei, quando ancora la nonna ronfa e io mi sono appena svegliata per pisciare, ma dopo torno a letto e per un po', anche a occhi chiusi, vedo la sua faccia che sembra una tartaruga disperata che scrive e scrive senza pietà.

Cosa vorresti per Natale? mi chiede Tulù che è sempre pignolo e vuole sapere ogni cosa in anticipo, Be', io vorrei... ma qui mi fermo perché sinceramente non so cosa voglio, Dimmi qualcosa che ti piace, ci sarà pure qualcosa che t'interessa, Sì, un cane, mi piacerebbe tanto avere un cane da tenere in braccio, da portare a spasso, un cane con cui correre, saltare, non so, l'ho sempre desiderato, ma mia madre non è d'accordo perché dice che poi bisogna occuparsi di lui, E chi gli dà da mangiare e da bere e chi lo porta fuori? Faccio tutto io, mamma, perché ti preoccupi? Mi preoccupo eccome invece perché so bene come andrebbero le cose: tu lo terresti in camera a riempire il pavimento di peli e poi te ne usciresti col motorino dimenticandolo in casa e toccherebbe a me portarlo fuori, pulire il pavimento e dargli da mangiare, ti conosco troppo bene, Ma siamo in tre, c'è anche la nonna, non potrebbe portarlo fuori anche lei? Tua nonna è inaffidabile, chiaro? e il discorso si chiude lì, non c'è verso di farle cambiare idea, Ma dimmi, Lori, cosa vorresti per Natale, anche lei con questa cosa di chiedere... ma fateli i regali senza tanto domandare! e so già che finirà per regalarmi due o tre libri, che poi sicuramente sarà lei a leggere perché io li lascio in giro, a me i libri dopo un po' mi stufano, a un certo punto mentre leggo i caratteri si mettono a ballare come tante mosche che girano in tondo, allora lascio e appoggio il libro rovesciato e aperto sul divano, è lì che lo trova la mamma e mi brontola, ma io le rispondo a tono, Tu vuoi che io divento una copia tua, mamma, e sbagli perché io non ti assomiglio per niente, io non sono una bacchettona tutta libri e cucina che scrive lettere d'amore a un francese di merda che sa solo mandare baci: ti ha mai fatto un regalo, dico un solo regalo di qualche valore? Io non voglio regali, fa lei, orgogliosa come un picchio, l'amore di un uomo come François è già un meraviglioso regalo, Mamma, sei proprio precipitata nel più vecchio e banale trabocchetto amoroso, come una qualsiasi ragazzina, Ti sbagli, Lori, io amo riamata da sei anni lo stesso uomo e facciamo tante cose insieme oltre a scriverci, progettiamo viaggi, giriamo il mondo, siamo liberi e felici, Beati voi, ho risposto, ma intanto le sbatterei la testa al muro, perché è peggio di una bambina: l'amore non esiste, lo capisci mamma, e neanche il mondo che sta per andare in pezzi come un vecchio pallone pieno di aria e di vento.

19 dicembre

Caro François,

è curiosa questa casa: io scrivo lettere, mia figlia scrive su un diario che tiene nascosto dentro un buco nel muro, mia madre registra quello che le passa per la mente su un minuscolo registratore che nasconde dentro una tasca. A volte la sento che parla e parla, come interrogando se stessa, la sento anche ridere, è una donna allegra per fortuna, questa non è una casa di musone, ma di litigiose sì, perché stiamo sempre a battibeccare, cosa forse inevitabile in una famiglia di persone così diverse.

Mia figlia, con un gesto di grande generosità, mi ha offerto il suo computer dove potrei parlare con te via Skaip, dice che è il modo più rapido e anche economico. Potrei vederti in faccia e sentirti. Ma io le ho detto di no, un no definitivo. Come farle capire che la distanza è una condizione poetica? L'assenza che noi nutriamo di parole scritte vogliamo schiacciarla con quella cosa volgare che è una specie di telefono con foto mobile? La mia immaginazione è molto più potente di quell'aggeggio di ferro e vetro. Io ti vedo mentre scrivo e vedo le tue mani che corrono sul foglio e sento l'odore del tuo corpo, e ascolto la tua voce che mi risponde, mi interroga, mi carezza. Molto ma molto più soddisfacente sognare attraverso le parole scritte che attraverso una macchina diabolica che sembra avvicinare le persone nel momento stesso in cui le allontana.

Mi avevi detto che per Natale saresti venuto. C'è qualcosa che ora te lo impedisce? Sto già facendo i progetti per la cena di capodanno. Vorrei che per una volta tu fossi con noi. Ora che è morta tua madre, posso pensare che ci sarai anche tu? Cosa vorresti mangiare? Ti piacciono le aragoste? O preferisci il tacchino ripieno? Mia madre è bravissima a fare il farcito di castagne con la pancetta e le uvette. Le dico di prepararlo? Lori ha annunciato che vuole cucinare lei il dolce, ma non c'è da fidarsi, con quel dragone sulle spalle mi sembra sia diventata più sfrontata e più pronta a volare via.

Flaubert mi fa dannare. Perché ha detto *Emma Bovary sono io*, se poi la bistratta, la disprezza, la considera una nemica? Era nemico lui di se stesso? A volte penso di sì. Usa pagine e pagine per prendersela con l'esotismo di Emma e poi lui si dimostra più attaccato ai sogni esotici del suo personaggio. Castigava in Emma qualcosa che odiava in se stesso? E perché ce la mette tutta per rendere odiosa e infida la povera donna che poi, paradossalmente, tutti prendono per un'eroina della libertà femminile? La scena della visita alla vecchia bàlia a cui ha affidato la figlia lattante è disgustosa. Emma va a trovarla nella brutta e poverissima casa di campagna dove l'ha esiliata, la prende in braccio, le dice qualche parola dolce, ma appena la neonata le rovescia addosso un poco di rigurgito, si inviperisce, la posa subito nella culla povera e sporca, e pensa solo a pulirsi il colletto della camicia, non occupandosi più di lei. E quando poi la figlia che ha ormai sei anni le abbraccia le gambe con troppo impeto, lei le dà uno spintone che la manda per terra, sbatte la testa contro uno spigolo e comincia a sanguinare. La giovane madre, questa Emma dalle belle braccia bianche e dal sorriso angelico, cosa fa? invece di piegarsi a raccoglierla da terra e chiedere perdono per quella spinta, le appiccica malamente un cerotto rimproverandola, e quando arriva il marito, accusa la figlia di essere caduta per conto suo, perché imbranata e incapace, nascondendo che è stata proprio lei a farla precipitare. E ancora, quando guarda la figlia ferita addormentata, commenta: Quanto è brutta questa bambina! Insomma, Emma mostra non solo di essere una pessima madre, ma anche una persona poco sensibile, egoista, e priva di delicatezza. È questo che voleva Gustave? Un uomo lui stesso infelice, questo sì, nella sua vita di una provincia che detestava, ma a cui restava fedele per amore della madre, di cui era succube e innamorato, tanto che le nascondeva la relazione con Louise, e costringeva la povera donna a scrivergli all'indirizzo di un amico. E quando Louise, nonostante tutte le proibizioni, decide di andare a trovarlo, la lascia fuori della porta e la insulta di fronte alla madre. Comportamenti da debole o da vile? E quando la madre gli impedisce di andare fuori in barca, per l'antica paura dell'epilessia di lui, Gustave, che amava tanto remare, non dice una parola, ubbidisce mettendo via per sempre l'amata barca a remi. Eppure nei suoi libri non si descrivono madri repressive e tiranniche. Che Emma debba pagare per quella madre tirannica che lo tormentava credendo di proteggerlo?

Mi piacerebbe ragionare con te, ascoltando la tua voce saggia, di grande lettore e conoscitore della letteratura francese. Ma dimmi subito se riesci a venire per le feste. Ti aspetto. Così conoscerai bene Lori, che hai solo incontrato sulla porta una volta o due. Lei sempre di corsa col suo motorino e tu sempre di fretta coi tuoi treni e i tuoi aerei. Per una volta, anziché festeggiare il Natale con tua madre, potremmo cenare in famiglia e poi partire per qualche luogo tutto nostro. Anche se ho paura che i luoghi dove godere la pace si stiano facendo sempre più rari, perché il mondo è sconvolto dalle guerre, dalla crisi, dalla fuga dei popoli da Paesi infestati dal terrorismo, dalle malattie e dalla fame. Che ne diresti di andare in Olanda? Per una volta una meta non troppo lontana, una terra che tu non conosci, dove io sono stata ma per poco con mio marito prima che morisse. Potremmo andare a vedere i Van Gogh che ami tanto. Un luogo che vive a fior d'acqua, e che col mare ha un rapporto di simbiosi, non ti piacerebbe?

Ma devo tornare alla mia traduzione, anche se mi dispiace lasciarti. Ti stringo a me con le braccia aperte e poi chiuse in un gesto d'amore tenerissimo,

tua

Maria

19 dicembre

Mamma, dico, ma scrivi sempre a quel noioso di François? Quando si ama si ama per sempre bambina! ma senti che risposta! Non ti sei ancora annoiata di un tizio che sta lontano e ti scrive delle lettere di carta come un vecchio babbeo? A me la carta piace, e anche a François, qui sopra lui ci ha posato le mani, capisci?, e io sento l'odore della sua pelle su questo foglio, Mamma, sei di un sentimentalismo disgustoso! Che te ne importa, sono affari miei, Lo so ma ti dico che sei proprio una frana, quando la tratto così lei si accuccia dentro le spalle come un uccellino spaventato… la spavento? non direi, ma forse le metto paura, come se non mi riconoscesse: Quando e dove l'ho fatta questa figlia così diversa da me? credo proprio che pensa questo quando si nasconde dentro le spalle e mi volta la schiena per riprendere a scrivere quelle stupidissime lettere d'amore.

Parlato a lungo con nonna della barbona che vive felice in mezzo alle immondizie e anche di Tulù, ma lei se ne frega della barbona, non la trova interessante, invece è molto incuriosita da Tulù, Me lo fai conoscere? dice, E perché? Così, tanto per conoscerlo… ma ho capito subito l'antifona: vuole incontrarlo per fare la smorfiosa con lui, Cazzo, nonna, ma non ti vergogni alla tua età? Io mica li costringo, mica li violento, mi limito ad accarezzarli con lo sguardo, gli dico che sono belli, che hanno una pelle magnifica, che hanno occhi come fanali e loro sono così contenti che accettano un appuntamento, ma non succede mai niente, non sono mica così scema da pretendere sesso da dei ragazzini che potrebbero essere miei nipoti, io chiedo solo di farsi guardare, farsi ammirare e se proprio va bene, mi aggiudico un bacio, Un bacio, nonna? ti comporti peggio di un maschio assatanato, Ti sbagli, non c'è nessun satana, solo una dolcissima innamorata dell'amore, Ti comporti da lupo, ma tu non sei un lupo, sei una vecchia e nessuno ti vuole, Eppure li attraggo come il miele, bambina mia, secondo me si sentono soli questi poveri ragazzi, nessuno li ascolta, nessuno li prende sul serio, nessuno gli dice che sono belli, attraenti, sensuali, e loro sono talmente sorpresi di sentirsi adulati che quasi s'innamorano, E tu approfitti per scoparteli! grido io con la spada sguainata, pronta a colpire, Ma no, stupida, l'amore completo è una cosa da ragazzi e a me non interessa, io mi riempio gli occhi di quei corpi e sono contenta, al massimo qualche bacio, così, per non lasciarli delusi, Qualche bacio, nonna? sei proprio una degenerata, e vorresti fare lo stesso col mio Tulù? Ma no, scherzavo, il tuo Tulù non lo tocco, lo lascio tutto a te.

Questa è mia nonna Gesuina, una che ci sa fare con gli uomini, io invece, con tutti gli anni in meno, non sono affatto brava; è che lei non si vergogna mai, va avanti sicura, convinta, e riesce a convincere anche gli altri, Nonna, sei un portento! e lei ride, tira fuori la voce di attrice che ha e mi recita così su due piedi la parte di Mirandolina, che la sa a memoria, avendola recitata quando era ragazza per una lunga tournée che l'ha portata in giro per l'Italia, doveva essere anche brava, perché quella *Locandiera* l'hanno replicata almeno trecento volte in trecento teatri diversi, poi si è innamorata di un coglione di attore che l'ha messa subito incinta e ha finito di recitare Mirandolina, lui si è ammalato e lei l'ha curato per anni, finché è morto, povero nonno, io non l'ho neanche conosciuto, nonna dice che era bravissimo e la gente si spellava le mani ad applaudirlo, qualche foto sì c'è rimasta ma sono foto in posa, in bianco e nero: un uomo alto, né brutto né bello, con due baffi fenomenali e un cappello tipo Borsalino in testa, Nonna, raccontami qualcosa di lui, mi piace sentirla parlare del nonno, l'attore Giacomo Cascadei per cui la gente si spellava le mani ad applaudire, Che vuoi che ti dica? era bello, aveva una splendida voce, si muoveva bene, ma era un fifone come pochi: quando gli ho detto che ero incinta, ha subito negato che il bambino fosse suo, Un figlio guarda non lo voglio neanche morto, d'altronde non sono stato io, chissà con chi hai chiavato, sei una senza morale, senza scrupoli, chissà che hai fatto! io che l'amavo tanto ed ero stata solo con lui, me la prendevo, ripetevo: Guarda che è tuo, solo tuo, io ero vergine quando ti ho incontrato, e non ho fatto l'amore che con te, ma lui non mi credeva, mi vedeva allegra, disinvolta e pensava che andassi a letto con tutti e invece ero una cretina che non prendeva nemmeno le precauzioni perché ero una ragazzina ingenua e non sapevo niente dell'amore, figuriamoci se pensavo ad altri che a lui! Ora però ti stai rifacendo di tutto quel candore e di quell'ignoranza del sesso, nonna, Ora sì, sono adulta e consapevole, conosco i miei desideri e ce la metto tutta per esaudirli, non pretendo molto ma un poco sì, il sesso mica muore a sessant'anni, chiedilo agli uomini di sessanta, anche ottanta anni, loro si credono in diritto di desiderare e portarsi a letto una ragazzina, noi donne invece non dobbiamo neanche guardare un bel corpo che diventiamo subito streghe, puttane, poco di buono, assatanate, come dici tu, È roba vecchia, nonna, oggi le donne a sessanta trovano eccome! Lo capirai quando li avrai fatti tu, mi ha risposto secca.

Ecco, mio nonno era quell'uomo lì, alto, magro, coi baffi a manubrio e gli occhi vicini, un poco da falco, il naso aquilino e due grosse mani da contadino, in effetti era figlio di contadini, Puzzavano di pecore tutti e due, sia il padre Aidano che sua moglie Rosalina, dice nonna Gesuina, anche se poi i miei ambiziosi genitori mi avevano fatta studiare e così avevo frequentato l'Accademia, all'inizio volevo diventare chirurgo, ma siccome gli studi costavano troppo, ho scelto di fare teatro, loro pensavano che dovevo diventare maestra, o al massimo pediatra, ma io mi sono impuntata: ho imparato a parlare bene, lasciando i dialetti nelle campagne paterne e mi comportavo da cittadina, e anche lui, il mio compagno di Accademia, il giovanotto bello alto, parlava senza accenti in un buon italiano, ma quando sono rimasta incinta è venuto fuori il pecoraro timoroso e ha negato, ha negato e non ha voluto saperne del figlio, Nonna, ma poi il nonno non l'ha riconosciuta la mamma? Sì, dopo che è nata, dopo che è cresciuta e tutti dicevano quanto gli assomigliava, era sputata lui e solo in punto di morte, con l'insistenza di tutti i parenti, mi ha sposata e ha riconosciuto tua madre, Maria.

21 dicembre

Vuoi accenderti, stupido motorino? Ho da raccontarti qualcosa di bello.

Ieri suonano alla porta. Vado ad aprire e mi trovo davanti un bell'uomo, i capelli un poco grigi sulle tempie, ma proprio bello, col naso piccolo e appuntito, gli occhi malinconici grandi e di un colore strano, sul viola, le labbra carnose rosee e sorridenti, due braccia lunghe come quelle di un orangutango, un corpo da atleta e senza pancia, ti rendi conto, senza pancia, roba che ormai è rara: tutti a una certa età mettono su pancia, diventano gonfi come palloni. Chissà perché gli uomini mettono su una pancia così grossa, così protundente, sembra che abbiano nostalgia di un bambino, come se volessero dire: guarda che non è tutta trippa, qui dentro c'è una bellissima bambina che non aspetta altro che nascere per buttarmi le braccia al collo, ma intanto la tengo al riparo da sguardi indiscreti, io e lei, lei e io, la mia bambina meravigliosa e io il suo papà, che ne dici? I papà vorrebbero che tutte le donne rimanessero delle eterne bambine, piccole, fragili, bisognose di protezione, disponibili, innocenti, gentili, amorose; se ci pensi, vedrai che in ogni canzone d'amore americana l'innamorato si rivolge alla amata chiamandola *my baby*, non è curioso? Ti adorano finché porti le scarpine con le calzette bianche alla caviglia, finché i seni sono appena accennati sotto la camicetta, finché i capelli se ne stanno sulle spalle per i fatti loro senza pensare al colore, alle forme, come sono naturalmente e gli occhi, gli occhi sono adorabili quando esprimono innocenza, fiducia e pudore, oh, quella sì che è una bambina desiderabile, se la sposerebbero subito. Appena una donna comincia a mettere i peli, a ingrossare di petto, a guardare dritto davanti a sé, non le sopportano più: chi è questa spilungona che si dà tante arie? dove l'hai messa la bambina deliziosa, timida e muta che era in te? dove l'hai cacciata quella bimba timorosa e incantevole, impaurita e innocente che eri?, non ti riconosco più, ti depili le gambe, ti strappi le sopracciglia, leggi libri d'amore e di avventura, ti metti a sognare cose più grandi di te e pretendi poi di calcolare, misurare, valutare, e perfino giudicare l'altro da te, insomma, una schifezza, ma perché non ti sei fermata prima? perché hai permesso a quei peli di arricciolarsi sul pube e sotto le ascelle, perché hai lasciato che venissero fuori quelle rotondità, quelle pesantezze, lo capisci che mi togli ogni appetito?

Ecco cosa pensano, io lo so e più diventano vecchi più ragionano così, mentre i ragazzi, ecco i ragazzi si salvano perché non conoscono ancora i privilegi storici del loro sesso. A loro piace tanto essere presi sul serio, essere ammirati, adulati, coccolati, e anche pagati qualche volta, ma si sa, sono sempre al verde, io di questo tengo conto, ma senza pretendere chissà che, solo per il piacere di annusare quel fiore e prendere quel poco di miele che riesco a raggiungere senza eccessivi turbamenti e fastidi da tutte e due le parti.

Uffa, sono stanca di parlare. Me la canto e me la suono, come direbbe mia nipote Lori. Che poi non si capisce perché le hanno messo il nome Loredana, per poi finire a chiamarla Lori. Assomiglia sempre di più a suo nonno, l'attore Giacomo Cascadei il cinico, il grande, il desiderato, l'egocentrico Cascadei, sempre in tournée, sempre ammirato, sempre applaudito. Il mio compagno di letto, di autobus prima e poi di treno, e infine di automobile con tanto di autista, se lo poteva permettere il grande Cascadei, solo che spendeva e spandeva, e quando è morto ha lasciato solo debiti.

Insomma, stavo dimenticando di raccontare quello che è successo stamattina: apro la porta e mi vedo davanti questo bell'uomo e devo aver fatto la faccia interrogativa perché lui ha sorriso (un sorriso da angelo che vola basso e si posa sugli alberi a curiosare dietro le finestre) e mi ha detto: Sono François, non mi riconosci? Cazzo, no, non l'avevo riconosciuto: quando l'ho visto l'ultima volta era sulla porta, portava un berrettaccio calato sulla fronte, e aveva un cerotto sulla guancia per non so che neo bruciato e chi poteva riconoscerlo? Ah, sei tu François? gli ho detto, entra, entra, che piacere rivederti. Volevo aggiungere: ma come sei bello, accidenti all'anima tua! Ma mi sono tenuta. Si è fatto avanti sempre sorridendo, ha posato la valigia. Maria dov'è? È andata al mercato ma ora torna, non l'avevi avvertita? No, volevo farle una sorpresa.

Accidenti che sorpresa! ne sarà felice! Ma intendi restare da noi per le feste? Certo, sono venuto per questo, gli anni scorsi c'era mia madre e non potevo lasciarla sola, ma ora che è morta… Si guardava intorno come per chiedersi: dove sono capitato? Non sembrava contento del disordine di casa nostra, dei libri sparsi dappertutto. Beh, siediti, ti preparo un caffè? Ma lui ha detto di no. A che ora torna Maria? Fra poco, non ti preoccupare, ha tanto da lavorare, non si assenta mai per molto. E già mi sembrava di leggergli nel cervello: se ha tanto da lavorare per mantenere voi, perché non ci vai tu a fare la spesa? Potevo dirgli che io dormo fino a tardi e non mi va proprio appena sveglia di andare a fare la spesa, soprattutto non mi va di portare su l'acqua minerale che pesa un accidente.

Per fortuna, proprio in quel momento si è aperta la porta ed è entrata Maria canticchiando. Appena l'ha visto, ha lanciato un urlo di gioia ed è corsa ad abbracciarlo buttando per terra le buste della spesa. Come se lo baciava, il suo François! Non li avevo mai visti insieme; quando lui arrivava, era per portarsela via subito, non rimaneva mai a dormire, partivano subito e buonanotte. Ora rimarrà da noi, dormirà nel letto matrimoniale con Maria e io mi mangerò le mani per l'invidia, dove lo trovi un così bell'uomo e per giunta gratis!

22 dicembre

È arrivato il ridicolo, che a guardarlo bene non è poi tanto ridicolo il *mon amour*, è bello come il sole e mamma gongola e se lo abbraccia in ogni momento, è proprio innamorata, anche se lui secondo me si potrebbe permettere una ragazzina, una più svelta, più divertente, più fresca di mamma, ma a caval donato non si guarda in bocca, no… forse come frase non calza, diciamo che se l'è trovato, se l'è preso e se lo tiene stretto, beata lei!

Tulù ieri mi ha parlato del suo futuro, che lui vede nero e senza speranze, Me ne andrò in Germania, dice, a cercare un buon lavoro, qui nessuno ti stima e ti aiuta, Ma se non hai ancora finito di studiare, Tulù? abbi un poco di pazienza, non è presto per emigrare? Be', mio fratello è andato in Inghilterra, mio cugino Giovanni in Sudafrica, la sua ragazza, che si è appena laureata, sta per raggiungerlo, credi che posso avere un destino migliore restando qui nel mio Paese, che spende per far studiare un giovane e poi lo manda fuori a calci? Be', aspetta di diplomarti, poi vediamo, magari ce ne andiamo in campagna e mettiamo su una fattoria con tante mucche e tante galline e vendiamo i vitelli e le uova e facciamo il formaggio, Mi sembra un'idea balorda, chi ci bada alle mucche e alle galline, tu? Perché no, credi che non sono capace? Non ti vedo, col tuo motorino, i tuoi piercing, il tuo drago sulla schiena a mungere le vacche, a vendere i vitellini al mercato della domenica, a dare il mangime alle galline, no, proprio non ti vedo che ti alzi alle cinque per pulire la stalla e poi raccogliere il fieno riempiendoti di zecche e formiche, Eppure Ettore l'ha fatto, te lo ricordi Ettore, che veniva alla nostra scuola, più grande di noi di qualche anno? si è preso la laurea, ha fatto un anno di Erasmus e poi si è comprato un terreno in una campagna abbandonata a poco prezzo facendosi prestare i soldi dai genitori, ha rimesso a posto una fattoria mezza crollata, ha comprato due mucche e qualche pulcino, quelle le mucche ogni anno fanno un vitello, vendendo due vitelli si è comprato un'altra mucca e poi un'altra ancora, intanto vende il latte che tira dalle mammelle con una ventosa elettrica, i pulcini sono cresciuti e hanno fatto altri pulcini, ora ha una ventina di galline e un gallo bellissimo che pare un parrocchetto, tutto colorato con una cresta che fa scintille, i vitelli li vende a due a due, fra pochi anni avrà un centinaio di mucche e migliaia di galline e già fa un sacco di soldi, che ti credi, noi potremmo fare lo stesso, così fra l'altro mi prenderei un cane che l'ho sempre voluto, ho già il nome, si chiamerà Prometeo, la mamma dice che era un amico degli uomini, anzi il primo amico dell'essere umano: dice che ha rubato dalle ricchezze di Atena l'intelligenza e la memoria per darle agli uomini, per non parlare del fuoco che ha rubato a Zeus, che per vendetta lo ha incatenato a una roccia e gli ha mandato un'aquila che gli mangiava ogni notte il fegato, che però di giorno ricresceva, ma poi di notte veniva di nuovo mangiato, mia madre ne sa tante di storie, però questa di Prometeo mi piace, allora se prendo un cane lo chiamo così: Prometeo.

La nonna mi chiede di Tulù, Sta bene, nonna, ma lei insiste: è bello? ha una fidanzata oltre a te? come ce li ha i capelli? spero che non li perde come tuo padre, che a trent'anni era già calvo, io non le rispondo, mi dà noia che mette gli occhi su Tulù, Sei forse gelosa?

mi fa, Ma no, nonna, è che, come te lo devo dire? sei fuori, fuori, fuori, alla tua età dovresti pensare alla tomba non alle sale da ballo, ai giovanotti e ad altre cazzate, Finché sono viva mi voglio divertire, Come Mirandolina? Come Mirandolina, sì, hai qualcosa da dire? Mirandolina aveva la mia età, nonna, E io ho l'età che mi sento: trent'anni appena fatti, non di più, sono sana, sono fresca, mi piace divertirmi, e mi diverto, che vuoi di più?, quando morirò, morirò, non me ne importa un cazzo, tanto sotto terra non senti niente e non vedi niente, dormi e basta, pace all'anima mia!

23 dicembre

Mi sono cucita una tasca dentro la giacca di raso celeste. Sennò dove ti metto, registratorino mio? Mi piace tirarti fuori quando sono in bagno, o quando cammino per strada. Una volta mi guardavano con gli occhi spalancati: questa è matta! Ora no, perché ormai tutti parlano da soli, con quel filo dell'auricolare che gli attraversa il petto. Nessuno si stupisce, anche quando si fanno delle grandi risate da soli oppure si gesticola urlando come dei forsennati perché magari si sta litigando con la moglie.

Il bel francese si è insediato in casa ed è talmente cortese e pulito e ordinato che non gli si può dire niente. Apparecchia la tavola a pranzo e a cena, poi sparecchia e sistema diligentemente i piatti nella lavastoviglie. Ha preteso che ciascuno infili il proprio tovagliolo arrotolato dentro degli anelli di legno colorato che ha comprato lui e portato a casa come un gran regalo. A ciascuno il suo colore: io ho quello viola, Maria quello verde e Lori quello azzurro. Per sé ha tenuto l'anello dorato che scintilla sulla tovaglia. Ha osservato, ma con infinito garbo, che mangiamo troppo in fretta, che ci alziamo troppo spesso dalla tavola, che beviamo troppa acqua e poco vino, insomma, sta imponendo il suo stile a cui ci adeguiamo anche se con qualche riluttanza. È lui il dio dell'amore e non gli si può dire di no.

Ha disapprovato il drago sulla schiena di Lori che, spudorata com'è, è andata subito a farglielo vedere sfilandosi la maglia. Lui ha un modo di arricciare il naso che fa pensare a una di quelle signorine di buona famiglia di quando, da piccola, per qualche mese mi hanno chiusa in un collegio di suore da cui sono scappata naturalmente appena ho trovato l'occasione. Non ha niente di femminile il dio dell'amore, ma le sue buone maniere lo rendono un poco signorina snob anche se poi ha un corpo da maschio palestrato che di sicuro fa invidia a tutti gli uomini che lo incrociano per strada.

Ieri ha voluto alzarsi presto per accompagnare Lori a scuola con la macchina di Maria. Sei generoso e gentile, ha detto la mia solita figlia sprovveduta e che non vede a un palmo dal naso. Io starei più attenta, perché quei due si guardano troppo. Va bene che lo guardo anch'io, ma come si fa a non guardarlo? Diciamo che io lo ammiro e lo contemplo senza velleità di possesso, mentre mi sembra che la furbissima Lori gli pianti gli occhi addosso con una gran voglia, evidentissima d'altronde, di mangiarselo in un boccone. Povera Maria!

Il fornaio mi aspettava, aveva messo da parte il pane appena cotto. Il negozio per fortuna era vuoto e lui mi ha tirata per un braccio e mi ha portata nel retrobottega per baciarmi. Mi ha stretta tremando come un ragazzino. Con lui devo chiudere gli occhi perché non ha la bellezza di François. Un fascino popolare, quello di Simone: polsi grossi, pelosi, sopracciglia folte, naso romano, sorriso dolce ma con qualche dente storto. So bene che non vuole fare l'amore. È impotente, me l'ha confessato in un momento di sincerità. Però gli piace essere corteggiato, gli piacciono i baci, anzi mi ha detto che per lui i baci sono la cosa più importante dell'amore, che lui vivrebbe di baci, che il bacio è il dono di Dio, che lui bacerebbe anche la bocca più brutta che ci sia al mondo, purché abbia le labbra morbide e un buon odore di bocca d'amore. Un altro dio dell'amore? Insomma, mi ha tenuta mezz'ora a parlare del potere del bacio, dimenticandosi dei clienti che rumoreggiavano nel negozio. Mi sussurrava che quando bacia la sua pelle diventa *d'oca*, così mi ha detto, si fa tutta puntini e dentro la pancia si sente rimescolare ed è così felice che non finirebbe mai di baciare. Ma sei sempre stato impotente? gli ho chiesto, sei nato così o lo sei diventato? Mi ha guardato con due occhi bellissimi, disperati, e mi ha risposto che lui quando sogna ha l'erezione e se ne viene da solo, ma quando ha davanti un corpo di donna, non gli diventa duro e non c'è niente da fare, mentre quando bacia vola in paradiso e ogni bacio è una promessa d'amore. Ma non sono un pervertito, ci tiene a dire, lui non si impone, chiede e bacia solo quando l'altra è consenziente. Grazie, certo, ci mancherebbe.

Un tipo strano il mio fornaio, da consegnare subito nelle mani di uno psichiatra: chissà cosa direbbe, come lo definirebbe... Ma Simone non si sente malato, solo un poco impedito. Con me si lascia andare, sa che lo capisco e mi aspetta ogni mattina per darmi il pane e il bacio del buongiorno. Un bacio lungo, saporoso e caldissimo, molto eccitante, anche se poi mi lascia un poco frustrata.

24 dicembre

Aria di festa, la città si è messa in tiro, ma sembra più un baraccone che altro: tutti gli alberi carichi di lampadine, poveri tronchi che sentiranno il pizzicore di tutta quella luce, neanche un poco di pace di notte, un poco di buio per dormire, e poi dove si cacciano gli uccelli che sono spaesati e nervosi per tutta questa luce e queste lampadine che portano loro via i rami per i nidi?

Il bellissimo François se la prende comoda: la mattina dorme come la nonna, mentre mamma va a fare la spesa, torna coi giornali, carica di acqua minerale e frutta esotica, a lui piacciono i manghi e gli *avvocati*, che poi vorrei sapere perché un frutto si chiama avvocato, mica conosce le leggi, mica frequenta i tribunali, dammi un chilo di avvocati! con la toga o senza? no, dico, dentro un sacchetto di plastica, e mangia, mangia il bel François, sempre in punta di sedia, in punta di piatto, in punta di forchetta, è un tipo educato e molto preciso, ci tiene che la tovaglia sia pulita e stirata, che le posate siano al posto giusto, la forchetta a sinistra e il coltello a destra, il cucchiaino davanti e anche i piatti devono essere di ceramica, guai alla plastica, i bicchieri di cristallo e per fortuna che la mamma lo sapeva e ha organizzato tutto in fretta e furia, guai il tovagliolo di carta, dev'essere di cotone e ogni volta fresco e stirato, mica si butta via come quelli usa e getta, si lava e si stira e chi lo fa? e il vino dev'essere buono, francese se possibile, mica il nostro vinaccio nel cartone, lui assaggia e fa no con la testa oppure sì, ma costa caro e mamma fa debiti per comprare il vino francese che piace a lui, mamma Maria che fra un po' le cresce l'aureola e forse perfino le ali, ma non volerà mai via, perché è una casalinga, una che sta col naso nei libri e pensa che volare via come Peter Pan sia una volgarità e una vigliaccheria, lei è sempre lì al palo a lavorare come un asino, lui però è gentile, sempre disponibile, aiuta anche ad apparecchiare, a tagliare il pane, tira fuori l'acqua dal frigorifero, prepara la frutta ed è tutto lì, se non fosse così bello non si potrebbe perdonarlo, ma ogni gesto che fa è così morbido, così elegante che rimani a bocca aperta a guardarlo.

25 dicembre

Maria mi sembra un poco inquieta, la vedo affannata che corre, cercando di destreggiarsi fra la traduzione che stenta a concludere dopo l'arrivo di François, le cose buone da cucinare per il pranzo di Natale, i regali da comprare e impacchettare, le lunghe dormite del suo amore che sembra in arretrato di sonno, le bizze di Lori che se ne scappa la mattina in motorino e non si sa mai se andrà davvero a scuola e quando rientrerà, e se le dici qualcosa, si rivolta come una vipera. Quel Tulù mi sembra non la porti sulla buona strada, secondo me è stato lui a convincerla a farsi tatuare il drago sulla schiena, lui è coperto di fiori, di lune, di teschi, ma chissà che altri segreti ha, non si capisce. Come fa a vivere da solo in un appartamento di città quando ancora frequenta la scuola? Che i genitori siano così ricchi da potersi permettere una casa in un palazzo di lusso?

Tra queste mura ci sono io che con la mia ironia la irrito, lo so, mi dispiace perché vedo Maria stanca e sfiatata, ma il folletto che sta nella mia testa vuole sempre uscire dalla bocca in forma di parole divertite e non vuole saperne di starsene tranquillo nel suo nido.

Il non scrivere più lettere è come se le avesse fatto perdere l'equilibrio della giornata. Senza lettere da spedire è costretta a dedicarsi solo alle traduzioni e Flaubert la insegue tutto il giorno con le sue contraddizioni. François diventa sempre più ozioso e sempre più bello, addirittura splendente come un san Michele pronto a trafiggere il drago. Ha qualcosa di potente nel suo corpo magro e dinoccolato, qualcosa di acceso e di sacro in quegli occhi che ancora non ho capito di che colore siano, qualche volta penso che siano neutri e si nutrano del colore del maglione che indossa: azzurro scuro come un mare calmo e accogliente, grigio e tempestoso quando è in allarme, viola come un succo di fiori in un bicchiere trasparente quando pensa all'amore e sorride contento.

Certo Maria è fortunata, dopo un marito incosciente che se n'è andato all'altro mondo quando Lori aveva quattro anni lasciandola povera e sola, è fortunata ad avere trovato questo dono di Dio. Anche se non brilla per ricchezza e per munificenza, sembra perfetto il magnifico François: parla lentamente in un italiano forbito, l'accento francese si sente appena, sorride come un angelo, si muove come un ballerino di tango, aiuta ad apparecchiare e sparecchiare, porta su l'acqua minerale dal negozio, lascia il bagno pulito senza un pelo anche quando si fa la barba, esce spesso da solo e rientra sempre con un libro in mano. Dice che gli piace passeggiare. Indossa scarpe comode, morbide ed eleganti che sembrano fatte su misura per lui, per i suoi piedi lunghi ed elastici. Non mette i calzini, le caviglie nude sporgono ogni tanto sotto i pantaloni e sono bianche e senza peli, esprimono qualcosa in contrasto con quel corpo muscoloso: una timidezza maldestra e forse un gran bisogno di protezione. Strano però che non porti calze né calzini. Eppure non gli puzzano mai i piedi quando si toglie le scarpe. Sembra sia nato con quelle già incollate ai piedi, comode e perfette per camminare a mezzo metro da terra, come un novello Ermes dalle alette alle caviglie, infatti non produce nessun rumore, è un principe con le ali, bellissimo e innamorato.

26 dicembre

Il regalo più bello: un cagnolino preso al canile, perché bisogna salvare i poveri cani abbandonati, come dice la mamma, un salsicciotto peloso, con il muso nero che sporge in mezzo alla pelliccia che gli copre quasi del tutto gli occhi furbi e aguzzi, ora scodinzola allegro per casa, felice perché qualcuno l'ha tirato fuori da quell'orribile gabbia e lo accarezza e lo riempie di coccole e di cibo, chi me l'ha regalato? c'è da non crederci, è stato proprio il bellissimo François che ha saputo da mamma del mio desiderio e ha pure pagato per liberarlo dalla gabbia del canile e l'ha portato a lavare e pettinare, non ci contavo quando me l'ha messo in braccio ieri dicendo So che ci tenevi ed ecco il tuo regalo da parte mia, sono saltata per la contentezza, certamente quell'uomo sa come conquistare le persone, Come farai quando esci? mi chiede la mamma, ma io già oggi ho trovato un modo di portarlo con me attaccando un cestino dietro il sellino del motorino: l'ho cacciato dentro e lui era raggiante e neanche cercava di uscire, ma si lasciava trasportare con le orecchiette al vento, si chiama Prometeo e nessun uccello gli mangerà il fegato, questo posso garantirlo, il veterinario dice che è femmina ma ormai gli ho dato il nome di un maschio, non mi piace Prometea, sarà Prometeo anche se è femmina, lei corre, fa le feste, già mi riconosce appena la chiamo e mi salta sulle ginocchia e mi lecca l'orecchio quando la prendo in braccio, è una bestiola allegra, avrà sì e no cinque mesi, ma sembra un adulto, sembra sapere che il suo destino era la prigione e la sua riconoscenza non ha limiti, capisce al volo quando voglio che fa le feste o quando voglio che se ne sta tranquilla, si accuccia sotto il tavolo e dorme beata, qualche volta appoggiando la testolina sul mio piede.

30 dicembre

È arrivato Prometeo, così ha voluto chiamarlo Lori il cagnolino che François le ha regalato per Natale. Un cuccioletto agitatissimo che salta e lecca e mordicchia ogni cosa che si trova a portata di muso, irresistibile per la sua allegria ma anche molto ingombrante. E chi lo porta fuori? Per ora Lori non lo lascia un momento, se lo prende in braccio e lo sistema su un cesto attaccato al motorino quando decide di uscire. Il cagnolino si accuccia e sta buono per ore, già capisce tutto quello che dice Lori e scodinzola a più non posso qualsiasi cosa gli si dica di fare. È un incrocio tra un barboncino e un altro cane randagio, non so, pare che qualcuno lo avesse gettato nel cassonetto da dove era stato prelevato da qualcun altro che lo ha portato al canile municipale e quindi lì è stato chiuso in gabbia. Corre sempre, abbaia poco per fortuna e cerca di capire al volo le necessità di chi gli sta intorno. Strategie di un cane vagabondo che vuole imparare rapidamente le tecniche di sopravvivenza. Si fa volere bene. A me sembra un maschio ma Lori che l'ha fatto visitare dal veterinario dice che è una femmina e quindi si dovrebbe chiamare Prometea, che un nome più incongruo non si poteva immaginare, ma viene da quel naso sempre in mezzo ai libri di mia figlia Maria, che appena può va a cadere nel mito greco che guida le sue mire letterarie.

Pare che abbia quasi finito il suo Flaubert, lo sta

correggendo per consegnarlo prima di capodanno, ha detto pubblicamente, mostrando al mondo le pagine stampate scritte al computer. Intanto si prepara per partire con François, subito dopo le feste, per l'Olanda, non si capisce perché un Paese così insulso, le smanie dell'esotismo sono finite, sembra che ormai tutti i Paesi più belli siano proibiti per via del terrorismo che minaccia chiunque coltivi il piacere del vagabondaggio in terre straniere. Il turismo si sta concentrando nella vecchia Europa: la nostra Venezia scoppia per le tante scarpe che ne calpestano le calli, per le tante merde che depositano i viaggiatori nei suoi cessi. Non si pensa mai che ogni turista porta soldi ma anche merda e orina che scorrono nei nostri scoli che poi vanno a finire in mare o nei fiumi rendendoli puzzolenti e sterili.

Novità sul fronte fornaio: Simone ha trovato una fidanzata e quindi non mi tira più per un braccio nel retrobottega. Gli ho chiesto se con questa Giusy gli riesce la penetrazione e lui mi ha risposto sibillino: quasi. Come quasi? che vuol dire quasi? Ma lui non mi ha risposto, si è limitato a sorridere misteriosamente.

Mi ha mostrato poi la foto di Giusy che è bianca come un cadavere, magrissima e porta gli occhiali che le coprono mezza faccia. Voglio sposarmi, ha detto lui, e fare dei figli e lei è la sola che mi tranquillizza, con lei mi sembra di fare l'amore con me stesso, per questo credo di riuscirci, mi ha sussurrato nell'orecchio, ma mi mancheranno i tuoi baci Gesuina. Chissà se mancheranno anche a me. Però qualche volta verrai ancora con me nel retrobottega per un bacio rubato? Mi ha fatto ridere per la faccia furbetta da volpe che ha intravisto la gallina grassa. Vedremo, ho risposto, e vedremo veramente cosa mi diranno i sensi, che sono sempre imprevedibili e inaspettati.

François certo sarebbe l'ideale per i baci, ma sembra l'uomo più fedele del mondo e ora pare che le sue attenzioni le dedichi soprattutto a Prometeo: se la mette sulle ginocchia, si fa leccare la faccia e ride contento di un regalo che sembra aver fatto a se stesso più che alla giovane figlia della donna amata. Partiranno per i Paesi Bassi lui e Maria e già stanno organizzando il viaggio in mezzo alle terre acquose di una nazione piena di sorprese. Andranno ad Amsterdam per vedere il museo Van Gogh, andranno a Utrecht per visitare i resti della fortificazione romana, il *castellum* del 47 dopo Cristo, ha detto fiero François, andranno a visitare la famose torre del duomo, si spingeranno fino a Den Helder nell'estremo Nord del Paese per vedere le rocce bianche scoscese sul mare. A furia di parlarne ho imparato anch'io tante cose sull'Olanda che quasi sono pronta per il viaggio pure io. E Brueghel? dice Maria, perché lei ha una passione per Brueghel il Vecchio e le sue tele narrative che raccontano dei contadini in festa, dei balli, delle fiere di un mondo brulicante e gioioso, anche se mortificato e pidocchioso.

Ma sì, ha ragione Simone, sento la nostalgia dei suoi baci. Mi manca qualcosa, non solo il calore delle sue labbra ma anche il continuo racconto delle sue teorie sui baci che sconvolgono i sensi e portano benessere e pace nel cuore. Sento la sua voce all'orecchio che mi esalta la bellezza dei baci, la dolcezza dei baci, la morbidezza delirante dei baci. Ma fine a se stessi. Non si va oltre, dice lui: di solito i baci sono un antipasto a cibi più corposi e nutrienti, ma lui no, lui teorizza che i baci rappresentino l'antipasto, il primo e il secondo di un immaginario pasto amoroso, e forse ha ragione. Di baci ci si può saziare, di baci si può ingrassare l'immaginazione sensuale e di baci sfinirsi. Ma come farai con la magrissima e cadaverica Giusy per i baci? ho chiesto sinceramente preoccupata. Be', non la sposo mica per i baci ma perché ho voglia di un figlio. È da molto che hai voglia di un figlio? Da anni, non so perché ma ho una voglia matta, già lo vedo che cammina accanto a me, coi suoi calzoncini, la tenerezza di quella manina piccola nella mia, e mi sento felice. Baci e figli, sei proprio strano, dico. E lui sorride. Se potessi fare un figlio coi baci, firmerei subito il contratto. Ma l'hai mai fatto l'amore con Giusy? gli ho chiesto. Mai, è stata la risposta. Mai mai? Mai mai, Gesuina, non mi piace il sesso fine a se stesso, non mi piace la copula, è banale, prevedibile e rapida, finisce subito e non dà intime soddisfazioni, vuoi mettere con i baci? Be' allora come farai a fare un figlio? Prima o poi succederà, faremo l'amore fino in fondo, ma solo per sfornare un figlio, ha risposto lui. Devo dire che mi ha contagiata, la sua teoria dei baci come unica portata dell'amore carnale mi convince, e la faccio mia: va bene, allora ciao, Simone, ti lascio alla tua Giusy cadaverica che non sa baciare ma probabilmente sa figliare senza neanche un coito, come la madonna, per partenogenesi, o con l'aiuto di qualche servizievole panettiere che lavora a giornata nel tuo forno.

15 gennaio

Mamma e François sono partiti per l'Olanda, la casa sembra vuota, per fortuna c'è Prometeo, quello che pensa prima, mi piace l'idea di pensare prima, è una figata, una cosa che io non so fare, per questo mi piace, la mamma dice che sono matta, che un cane non si può chiamare Prometeo, che quello lì che prima pensa di dire e di fare è un mezzo dio, per questo Zeus gli ha mandato un'aquila ogni giorno a beccargli il fegato che di notte cresce e di mattina finisce nel becco dell'uccellaccio, forse la mamma ha ragione, troppi ricordi letterari, ma quando un nome si infila in un corpo è quello per sempre, non so perché ma non riesco a pensare a un cane mio se non come Prometeo, anche se è una femmina, tutta peli e muso umido, anche se non ha niente di eroico e di possente, ma è minuta e non fa che ingraziarsi le persone mugolando e facendo una specie di sorriso che in realtà è un ghigno, ma ormai è qui, si chiama Prometeo e ci vogliamo bene, i segreti hanno una ragione di restare segreti? mi chiedo, la paura dello spionaggio trasforma i segreti in segreti cretini, io sono un segreto o è il mio corpo che porta un segreto che non posso dire? il segreto corre ma non posso farlo galoppare su queste pagine perché diventerebbe pensiero e io non voglio pensare al futuro, mi fa orrore, vorrei morire ma senza morire, vorrei vivere ma senza saperlo, vorrei volare ma coi piedi per terra, vorrei vorrei, sono proprio una frana dal desiderio impossibile, io non credo nei baci contrariamente a mia nonna che crede solo in quelli e me ne parla come se fossero gioielli, ci si può nutrire di gioielli per quanto preziosi?, il segreto rimarrà segreto perché questo è quello che vuole il mio corpo, che vive di slanci sconosciuti e partenze felici e gioie conquistate senza neanche saperlo, per ora mi limito a correre con la mia Prometeo lungo le strade della città, Tulù è stato generoso: lui è allergico al pelo dei cani ma nonostante questo l'ha accolta in casa, con qualche precauzione ma me la fa portare con me quando vado a trovarlo, la chiudiamo in cucina mentre facciamo insieme i compiti o facciamo l'amore senza pensare a niente, lei se ne sta buona, non abbaia e non si fa sentire, se ne sta accucciata sotto il tavolo e dorme finché non dico Prometeo andiamo! e fa uno zompo in aria che sembra una rana salterina e prende al volo il guinzaglio per dirmi che lui, anzi lei, è pronta e possiamo andare.

20 gennaio

C'è qualcosa di strano in Lori. A momenti mi sembra depressa, come abitata da pensieri cupi e sonnolenti, in altri momenti mi sembra che esulti e schizzi faville di vita che la fanno ridere senza una ragione. Che sia stato Prometeo ad averla cambiata in questo modo entrando di prepotenza nella sua vita monotona? Certo non la lascia un momento e, contrariamente a quello che diceva Maria, la cura con dolcezza e pazienza: le prepara la pappa con pesce lesso o carne tritata e cotta al vapore, mescolata con riso bollito condito con l'olio di oliva. La porta fuori sia di mattina sia nel pomeriggio, per lunghe passeggiate da cui rientrano sfiatati tutti e due e si buttano Lori sul letto e lei sul tappetino per terra.

Le ho chiesto perché sia così arrabbiata, ma non mi ha risposto. Sembra che ce l'abbia col mondo intero ma altre volte mi riempie di baci e mi dice, Vedrai nonna che ce la faremo. Ma a fare che? Non si capisce, è misteriosa, sembra che nasconda un segreto: ma quale? Maria ha scritto da Utrecht. Dice che fa freddo e piove, ma le città olandesi sono bellissime, e spesso vanno in battello da una all'altra seguendo le linee contorte e imprevedibili dei canali. Gli olandesi sono straordinari, scrive, e hanno fatto già delle amicizie con altre coppie. Sarà, ma ci credo poco a queste amicizie di viaggio. Durano il tempo degli spostamenti e poi si asciugano come acqua al sole.

Non ho perso l'abitudine di andare al forno a prendere il pane fresco. Simone mi sorride allusivo. Più di una volta mi ha tirata per il braccio verso il retrobottega per un bacio rapido e rubato. Ha sempre quel buon odore di farina, lievito e burro. Non so se mettano il burro nel pane, probabilmente lo usano per i dolci che adesso sfornano a ogni ora visto il successo che hanno, ma le sue labbra portano il sapore tenero e dolce del burro fuso con la cannella.

E Giusy come sta? gli chiedo tanto per dire. Bene, sta bene, aspetta un bambino e presto la sposerò. Allora ci sei riuscito? Sì, non so come Gesuina, ma ci sono riuscito e ora avremo un bimbo e io sarò un padre felice. Un padre felice non cerca baci fuori dalla famiglia, ho detto tanto per provocarlo, ma lui sorride sornione e mi stringe il braccio con un gesto solidale e complice. Avremo un segreto noi due e basta. E se io trovassi un altro fornaio che ama i baci come te? Ne soffrirei, ma ti capirei, non sono così pazzo da pretendere quello che io stesso non do: fedeltà. Fai quello che ti pare, ma non raccontarmelo, ci starei male. Allora hai dell'affetto per me? gli ho chiesto quasi commossa dal suo discorso. Io sono matto di te, mi ha risposto chiedendo un altro bacio e un altro ancora. Gli ho recitato all'orecchio la famosa poesia di Catullo che una volta ho letto a voce alta in un piccolo teatro alla vigilia di un lontano Natale: *Dammi mille baci e poi cento, / poi ancora mille, e poi di nuovo cento, / e poi senza smettere altri mille, / poi di nuovo cento, e / quando ce ne saremo dati molte migliaia / li nasconderemo / perché nessun malvagio ci possa guardare male / sapendo che ci siamo dati tanti baci...*

La poesia mi ha fatto venire in mente la mia breve carriera di attrice e come stavo male sulla scena, mi sentivo goffa e inappropriata, anche se poi quell'odore di polvere e di vecchi tendaggi mi affascinava. Era il pubblico a spaventarmi: quei corpi agghindati di fronte a me nel buio mi mettevano soggezione. Io li amo di sguincio i corpi, li amo timidi e persi, li amo quando si denudano un poco per farmi vedere una ferita, un neo troppo cresciuto, sono i corpi che si affidano, che chiedono aiuto, corpi che non fingono ma nascondono le proprie nudità e vorrebbero che il mondo li inghiottisse prima di mostrare le loro piaghe nascoste. Sono quelli i corpi che amo e per questo volevo fare il medico. Ma si sono messi tutti contro: un medico donna, e chi si farebbe mai curare da te? semmai una pediatra, ma io non ho pazienza coi bambini, non li capisco e quando piangono mi mettono in agitazione, non sono brava con loro, e poi non sanno baciare i bambini, ti stropicciano la faccia di saliva e magari ti fanno la pipì addosso.

Ma torniamo a quello strano tipo che si chiama Simone e a cui quasi quasi mi sono affezionata, forse gli voglio pure bene e m'intenerisce, sembra incredibile che m'interessa, proprio a me che faccio la cinica che non crede negli affetti. Potere dei baci rubati, dei baci segreti, dei baci a tradimento. Un altro e un altro ancora, Simone, evviva i baci!

26 gennaio

Cara mamma e cara Lori,

ora mi è chiaro che per capire l'Olanda bisogna assolutamente passare per le tele di Van Gogh. Questi ritratti di contadini dalla faccia stordita, il cappuccio sgualcito in testa, gli zoccoli ai piedi raccontano storie antiche di lavoro duro e calli, poco mangiare e umidità che entra nelle ossa e le deforma. Il contadino con la pipa e il fazzoletto rosso al collo ha l'aria così sopraffatta dalle fatiche che sembra quasi scivolare in una zona del non umano. I mangiatori di patate chiusi in una stanza buia sono osservati con occhio cattivo dal pittore, ma poi si capisce che è solo uno sguardo concreto: uomini e donne dall'aria stanca e divertita, chiusi in un locale dalle pareti scure, seggono attorno a un tavolo illuminato da una lampada a petrolio appesa al soffitto che schiarisce alcuni tratti delle loro facce e delle loro mani: chi afferra una teiera, chi una tazza di tè bollente, chi una stoffa da rammendare.

Subito dopo il racconto continua con la vista di due contadine che zappano, ritratte controluce in un ambiente ostile, chine sulle zolle, le gonne gonfie attorno ai fianchi. Accanto a loro tantissime nature morte che mostrano cibi poveri: mele, zucche, cipolle, cavoli. Non s'immagina in quante tele dipinge le patate il nostro Vincent, come se le avesse viste solo da adulto per la prima volta con occhio stupito: il più utile ma anche il più bistrattato fra gli ortaggi. Uno, due, tre quadri raccontano le patate con corrugata attenzione, avvicinando sempre più l'occhio ai tuberi. Cacciate dentro scodelle bianche e gialle, sparpagliate su un tessuto nerastro, vengono dipinte una per una con maniacale concentrazione: una vera ossessione questa delle patate, che sono coperte di buchi, di bernoccoli, sbilenche e scornate, patate che hanno sofferto la fame pure loro sotto una terra arida e povera. Van Gogh non poteva definire meglio la povertà di un popolo contadino che assicurava il suo futuro scavando con mani bitorzolute dei bitorzoluti ortaggi.

Mi sono fermata a lungo di fronte al ritratto di una prostituta che non ha niente di sensuale: porta una camiciola azzurrina e una collanina di metallo con appesa una crocetta. La ragazza è giovane ma un poco pingue, i capelli sono raccolti in un nodo sulla nuca, alle orecchie ha appese due piccole perle, probabili acquisti fatti dopo giorni di finzioni amorose. Per sopportare un corpo estraneo che non conosci e magari ti ripugna, devi mettere a tacere i sensi, non credete? devi tramortire il tuo ventre, devi anestetizzarlo; e la ragazza del quadro sembra conoscere questa arte semplice e antica, l'arte delle donne poverissime che hanno come unica ricchezza il loro corpo accogliente. Sorprende la caparbia, la tenera freddezza con cui Van Gogh descrive l'Olanda del suo tempo, povera, affaticata, divisa in due società ben distinte: i poveri da una parte, che a trent'anni erano già vecchi, avevano i denti guasti, le rughe in faccia, le gambe gonfie per l'artrosi, e dall'altra parte i ricchi, che si vestivano di raso e di seta, portavano parrucche o cappelli con piume colorate, avevano anche loro i denti guasti, ma si rivolgevano al cerusico per farseli togliere.

Perfino le donne di città non appaiono molto più in salute e nemmeno più sensuali delle contadine in zoccoli di legno: sono stortignaccole e bruttine, ma piene di orgoglio, e hanno scritto in faccia un deciso e orgoglioso sentimento di sé. La giovane madamina al Café Le Tambourin porta un cappello rosso in testa che sembra una cresta di gallo gigante. Non sorride e sembra immersa nei suoi pensieri. La cosa che mi commuove è l'assoluta mancanza di sentimenti esposti: non pietà, solidarietà, indignazione sociale, ma una calma e pensosa osservazione del vero. E nel fondo una capacità semplice e lineare di identificarsi con la figura osservata, che sia una contadina, una borghese, una prostituta o un ragazzino di strada.

Una figura che ritorna spesso è quella del postino di Arles, Joseph Roulin: un uomo dalle mani grandi, deformi, stretto in una divisa blu dai bottoni d'oro e la barba che nei diversi dipinti diventa sempre più lunga ed elaborata. Si direbbe che il postino frequentasse la casa di Van Gogh, perché lo vediamo seduto su una delle famose sedie di paglia intrecciata che usava il giovane Vincent quando dipingeva nella sua povera casa di Arles. Sembra disegnato con la stessa mano sognante con cui firma i suoi autoritratti, perfino quello con la benda sull'orecchio tagliato. Più invecchia e più la sua mano diventa ingovernabile e pulsante, i suoi paesaggi si fanno attoniti e stravolti, come raccontati da uno che ha preso una droga e vede tutto sfocato e trasformato: campi di grano su cui soffia un vento furente e arcano, sovrastati da stormi di uccelli neri e voraci; nuvole che si trasformano in cavoli volanti, e luci che bucano il tessuto plumbeo di un cielo senza pietà. Il pennello corre con affanno lacerante e lirico insieme, come inseguito da un'angoscia senza rimedio.

Scusate, forse vi ho annoiato con le mie impressioni, ma davvero non riuscivo a staccare gli occhi dall'amato Vincent e dalle sue tele che parlano con tanta veemenza alla immaginazione di chi guarda. Non vi ho neanche chiesto come state. François ed io stiamo benissimo, felici di trovarci insieme a girare per queste terre così pericolosamente immerse nelle acque di un mare che sembra amico ma a volte si trasforma in un nemico che aggredisce e tende a invadere e ingoiare tutto quello che si trova davanti.

Come sta il caro, ovvero la cara Prometea? Chi la porta fuori ora che François non è a casa? Spero che

Lori la cacci nel cesto e la conduca con sé sul motorino come faceva ai primi tempi.

Vi abbraccio tutte e due e con me vi abbraccia François. Domani andremo a visitare la casa di Anna Frank. Poi vi racconterò.

A presto,

Maria

2 febbraio

La mamma ha scritto dalle sue Terre Basse, felice come una Pasqua e cieca come una talpa, osserva i quadri amati con sguardo attentissimo, ma fuori dai quadri, mamma carissima, cosa c'è per te? possibile che tu vedi solo quello che è falso e non capisci quello che sta succedendo sotto il tuo naso, dentro la tua casa? possibile che tu non vedi come tutto si sta sgretolando e guastando mentre tu abbracci e baci il tuo uomo in una lontana Olanda, persa nei quadri di Van Gogh, ma cieca a tutto il resto?

Prometeo ieri non ha fatto che vomitare, l'ho dovuta portare dal veterinario, dice che deve avere mangiato per strada qualcosa di guasto, ora assoluto digiuno e iniezioni disintossicanti, che lei subisce con santa pazienza, la nonna non mi aiuta per niente, dice che i cani la fanno sbadigliare e basta, ma non è vero perché quando io non ci sono lei se la tiene sulle gambe, se la coccola e la carezza mentre registra le sue fesserie sul piccolo registratorino tascabile, l'ho sorpresa una mattina che sono rientrata prima del solito, non so cosa sia successo col fornaio Simone perché ora compra il pane da un'altra parte, e porta avanti un rapporto tutto platonico sul web con un certo Filippo di cui mi ha mostrato la foto, un bell'uomo dall'aria scema, gli zigomi alti, la fronte spaziosa e una bocca molto carnosa. Nonna, non ti fidare, le ho detto, sai che ci sono i ladri di immagini, non è detto che quella foto è veramente di chi ti scrive, potrebbe essere un brutto maiale schifoso che quando ti avrà ben bene infinocchiata, ti chiederà dei soldi e tu glieli darai perché sei scema e caschi nelle trappole amorose come una bambina, lei si è messa a ridere, Non capisco perché sei così pessimista Lori, non solo mi ha mandato la foto ma anche il suo indirizzo e la foto della famiglia. Ha perfino una famiglia il tuo Filippo? Sì, una moglie e due bambine, ma lui dice che non gli bastano e che ha bisogno di qualcuno d'intelligente con cui comunicare, E questo qualcuno intelligente saresti tu, nonna? Perché ti sembro stupida? Dal punto di vista amoroso sì, sei una che crede a tutto e casca in ogni trabocchetto come una broccola. Sono più attenta di quello che credi, so quello che faccio e non mi lascio imbrogliare, tengo la guardia alta, a me non mi prendono per il naso, Lo spero per te, nonna, le ho detto, ma non mi sta a sentire, va dritto per la sua strada di sessantenne innamorata dell'amore e dei baci, spero solo che non si farà rubare troppi soldi da questi assatanati della rete, Quanto mi piacerebbe avere una nonna come tutte le altre, una che pensa solo ai nipoti e al loro futuro! ho detto, e lei ha fatto spallucce ridendo.

10 febbraio

Vorrei una nonna normale, dice mia nipote per farmi sentire in colpa. Una nonna tutta dedizione e sacrificio, è questo che vorresti, cara Lori, ma non l'avrai mai, perché io sono una persona libera e non un'istituzione familiare. Che pretese, ma si può essere più egocentrici? Quell'altra, mia figlia, ormai non rientra più a casa, non fa che correre nelle sue Olande con l'uomo che ama, e noi due qua che bruciamo le pentole, allaghiamo il bagno: senza di lei va tutto a rotoli qui. Soprattutto da quando è arrivata quella peste di Prometea che ora sta pure male e sporca ovunque con la sua cacca e il suo vomito.

Intanto Simone si è fatto più insistente. Ma cosa vuole quest'uomo che si è pure sposato nel frattempo, non fa altro che parlare del suo desiderio di un figlio e nello stesso tempo non vuole perdere i nostri baci, su cui teorizza ogni momento. L'ultima è che sua moglie Giusy non è affatto incinta, l'aveva detto solo per farsi bello ma il figlio tanto atteso non si vede neanche da lontano. Io intanto mi sfogo con Filippo, che i figli li ha già fatti e con sua moglie ha un rapporto tranquillo di reciproca tolleranza e non si parla di baci se non per scritto. Anche le parole possono essere sensuali, proprio come i baci, e noi ci scriviamo ossessivamente e ci amiamo senza esserci mai visti, così, per vocazione parallela. Un uomo affettuoso, sensibile, forse non molto colto, anzi, diciamo pure ignorante, quando gli ho detto di Mirandolina mi ha chiesto: E chi sarebbe questa Mirandolina, una tua amica? Credo che non sia mai stato a teatro in vita sua. Lavora col caffè: lo va a comprare in America Latina e lo rivende sul mercato italiano. Quando mi scrive, sento l'odore del caffè che lo circonda. Mi parla di tante miscele di caffè, quello arabico che viene dall'Africa e ha meno caffeina, *coffea arabica* la chiama lui, e poi c'è la *coffea robusta* o *coffea canephora* che viene pure dall'Africa ma non è coltivata sugli altipiani e contiene più caffeina. Ma non dimentichiamo la *coffea liberica*, che arriva dalla Liberia, e la *coffea racemosa* del Camerun.

La parola caffè, mi dice lui che sa tutto sulla sua materia ma ben poco sul teatro o la musica, viene dalla parola araba *qahwa* che poi i turchi hanno trasformato in *kahve*, diventato infine da noi *caffè*. Si dice che abbia delle proprietà medicinali, perfino Maometto guarì dall'influenza bevendo delle grandi tazze di caffè, così mi racconta, contento di potermi insegnare delle cose che io ignoravo completamente. Gli piace sorprendermi con la sua sapienza sul caffè. Sa tutto sulla sua origine, su dove si produce nel mondo, su quanti sacchi circolano nel mercato internazionale, e conosce pure la storia del sacro liquido: Sono stati gli inglesi i primi a farne una bevanda nazionale, in ogni villa del Settecento c'era una *coffee house*, spiega lui sussiegoso, e devi sapere che solo alla fine del Settecento la piantina del caffè africano fu portata in America Latina e lì si diffuse rapidamente.

La miscela migliore secondo Artusi? 250 grammi di Porto Rico, 100 grammi di Santo Domingo e 150 grammi di Moka. Il più pregiato del mondo, il *kopi luwak*, si produce in Indonesia e via di seguito: insomma, mi riempie la testa delle sue conoscenze da caffeinomane e mi fa una certa tenerezza perché mette in quel caffè il suo futuro, la sua passione, ma anche la sua sensualità. Mi ha raccontato che a Hodeyda, la patria del Moka, mentre girava con le tasche piene di prove di caffè da comprare, ha incontrato dei prigionieri che andavano in giro con una palla di ferro legata alla caviglia da una catena. E come mai? Sono così poveri che non hanno carceri e quindi i prigionieri li lasciano liberi, scalzi, ma attaccati a una palla di ferro pesante che fanno fatica a trascinare e vivono di elemosina perché non hanno più casa né chi gli dà da mangiare: curioso, no?

15 febbraio

Care mie amate Gesuina e Lori,

qui piove, anzi grandina, no, volano palle di ghiaccio che sfondano gli ombrelli e si accumulano sulle strade mandando a gambe all'aria molte persone, sia vecchi che bambini. Io sto molto attenta e non sono mai caduta, invece sapete chi è caduto? François, proprio lui, l'atletico elegante e dinoccolato François che cammina senza mai guardare in basso, quasi volando. È scivolato ed è andato giù per terra facendosi un livido grosso come un pugno sulla gamba destra. Per fortuna non si è rotto niente e quando si è rialzato ci siamo messi a ridere, ma a ridere tanto che stavamo per cadere di nuovo tutti e due per terra. Per riprenderci e riscaldarci, siamo entrati in un bar e abbiamo ordinato due punch bollenti.

L'altro giorno abbiamo visitato la casa di Anna Frank, la ragazza del diario che ho letto con tanta passione quando ero adolescente. Ma ci ha deluso perché ne hanno fatto un museo, con tanto di biglietto d'ingresso, cartoline, magliette col suo nome, e la guida che racconta la sua storia. Belle sono invece le fotografie che tappezzano i muri e i filmati che proiettano di continuo sull'Olanda sotto i nazisti, sulla perquisizione delle case, sulla presa degli ebrei che venivano spinti sopra un treno merci chiuso con spranghe di ferro e poi portati ad Auschwitz o a Bergen-Belsen. Così com'è successo alla povera Anna, che nel suo tenero diario racconta come viveva nascosta accanto a dei vicini rumorosi e poco attenti, in un forzato silenzio, aspettando sempre con trepidazione che la sola persona che conosceva il loro nascondiglio portasse loro del cibo per sopravvivere. Senza quella donna e quel cibo sarebbero morti di fame nelle tre stanzette celate da un falso muro coperto di libri.

Ma ogni giorno diventava più difficile starsene quieti, il nervosismo cresceva, la coabitazione si faceva più aspra, le liti continuavano per delle piccolezze come un bicchiere d'acqua in più o in meno, uno straccio bagnato lasciato per caso su una sedia, un pezzo di pane sparito dallo scaffale, un libro preteso da due lettori. Qualcuno però, e sembra sia stata una donna di servizio particolarmente fedele al regime, si accorgerà della famiglia e farà la spia. Verranno a prenderli un mattino presto e li porteranno tutti a Bergen-Belsen, in bassa Sassonia. Lì Anna Frank si troverà chiusa in un capannone dai letti a castello, ma senza materassi né lenzuola, solo una coperta sudicia e invasa dai pidocchi, in mezzo a criminali comuni, ebrei, prigionieri politici, zingari, testimoni di Geova e omosessuali, separata dai genitori e da coloro con cui aveva condiviso la latitanza.

Da quel momento non si sa più niente della piccola Anna. Si presume che sia stata portata alla camera a gas poco dopo i suoi genitori, dopo la sorella Margot e i suoi vicini. Già nei primi mesi del '43 dicono che siano morte 50.000 persone in quel campo. Fra loro c'era anche Anna Frank, piccola, bruna, con un sorriso gentile e ingenuo, e gli occhi scintillanti di voglia di vivere. Solo il padre è sopravvissuto ed è stato lui, pare, a voler pubblicare il diario e a farlo conoscere in tutto il mondo perché nessuno dimenticasse quello che è successo sotto il nazismo durante l'ultima guerra.

20 febbraio

Pronto pronto… le pile le ho appena cambiate, perché sei così lento ad accenderti maledetto aggeggio? Pronto, pronto, pronto, sì, sì, be'? ci siamo? ci siamo? ah, finalmente, ora sembri funzionare, stavo per buttarti nella spazzatura… allora, riprendiamo il discorso dove lo avevamo lasciato: mia figlia Maria scrive a noi, visto che ora ha il suo amato François accanto a sé, il vizio di scrivere lettere non l'abbandona, manda lettere a noi che siamo rimaste in casa e che dobbiamo fare tutto da sole, la spesa, cucinare, lavare i piatti, ordinare, rifare i letti, pagare le bollette, insomma un sacco di scocciature... ma quando tornate, accidenti, che ormai sono quasi due mesi che siete fuori? Come avrà fatto il finanziere François Colin a prendersi delle ferie così lunghe? Lui dice che ha accumulato negli anni tanti giorni e ora dispone di due mesi precisi di vacanza. Non pensa che Maria deve continuare il suo lavoro di traduzione e che standosene tanto lontana finirà per lasciarci nelle pesti? Oltretutto il cane ha avuto la diarrea e ha sporcato casa. Ma io mi sono rifiutata di pulire: l'hai voluto il cane? ora pulisci! E Lori l'ha fatto brontolando a più non posso. Credo che si sia pentita di averlo tenuto, anche se non può farne a meno, ormai Prometeo o Prometea – non ci capisco più niente – dorme sul suo letto e mangia a tavola con lei.

Simone del forno mi manda una montagna di messaggini e WhatsApp in cui dice che gli mancano i miei baci, poi mi informa che sua moglie non riesce a procreare, non rimane mai incinta, mentre lui fa del suo meglio, ma secondo me la sua impotenza non è guarita nonostante l'idea di fare l'amore con se stesso, come mi ha spiegato per giustificare la scelta di quella ragazza cadaverica e occhialuta che dovrebbe diventare la madre dei suoi figli. Quasi quasi mi rallegro, anche se è vile volere il male degli altri.

Il rapporto con Filippo procede invece magnificamente. Mi scrive in continuazione, mi manda fotografie di lui che prepara l'albero di Natale, delle sue due bambine che lo aiutano ad appendere delle bellissime palle rosse ai rami del finto abete. Mi dice che vive con sua moglie ma non fanno più l'amore da anni, due separati in casa insomma, ma non gli credo molto, comunque gli rispondo perché è parte del gioco e io amo giocare, anche quando rischio. Filippo, che certamente non è bello come François, ma nemmeno ha le labbra rotondette e il sorriso dolce di Simone, mi scrive che vuole conoscermi di persona, ma io nicchio, preferisco giocare al coperto. Le parole si caricano di un sottile e intenso piacere e quando apro una sua mail mi sento rabbrividire. È amore? È desiderio? Non so proprio cosa sia, ma è un'emozione viva che mi sale lungo la schiena. Chi era, non ricordo, un amico con la mania delle religioni esotiche che mi ha parlato del serpente Kundalini, arrotolato sul fondo della spina dorsale? Solo quando si sveglia e si eccita prende a srotolarsi, a risalire lungo il dorso finché con la lingua biforcuta non ti soffia un fiato caldo e potente proprio alle radici del cervello.

21 febbraio

Care mie dolci Lori e Gesuina,

stiamo preparando le valigie per il ritorno. E mi dispiace, anche se sarò felice di rivedervi. Ho una caterva di fotografie da mostrarvi. Ho comprato anche qualche bulbo di tulipano perché sono bellissimi questi fiori dai colori più inverosimili e penso che staranno benissimo nel nostro balcone esposto a nord.

Il simbolo di questa terra difficile ma anche molto portata a un'allegria inaspettata è proprio il tulipano. Uno strano fiore che sembra creato dentro un forno, fatto di una ceramica sottile e delicata, con qualcosa di scintillante e metallico insieme, un fiore dagli splendidi colori ma senza profumo. Come mai, mi chiedo, gli olandesi hanno scelto questo strano e impassibile fiore come simbolo del Paese? da dove sarà nato?

Leggo che il tulipano è originario della Turchia e che è stato portato in Europa nel 1554 da un ambasciatore fiammingo che ne regalò alcuni semi al botanico francese naturalizzato olandese Carolus Clusius, il quale lo piantò sui terreni fertili del Paese di adozione e lo rese subito popolare. Il nome tulipano, leggo ancora, deriva dal turco *tullband*, che vuol dire turbante, curioso, no? un fiore così nordico che viene da un Oriente rivolto verso il Sud. Poi i romantici inventarono la leggenda che il tulipano sia nato dalle gocce di sangue di un giovane suicida per amore. Sta scritto su un foglietto dell'albergo che il tulipano rosso esprime la dichiarazione d'amore, quello giallo l'amore disperato, quello screziato la galanteria e quello violetto la modestia di chi regala e di chi riceve. Non ho potuto fare a meno di comprare qualche bulbo da portare a casa.

Torneremo lunedì in aereo. Abbiamo già preso accordi con un taxi, che ci porterà a casa prima di cena.

A prestissimo, con affetto,

Maria

22 febbraio

Come farò, voglio proprio sapere come farò a sputare il rospo, la mamma ne morirà, lo so già, la nonna m'insulterà, potrei restare muta, potrei mantenere il silenzio e sbrigarmela da sola, ma i segreti possono rimanere segreti per sempre? possono crescere dentro di noi come piantine bonsai e mai rivelarsi al mondo? mi sa di no, la sola persona con cui posso parlarne è la nonna, e lei sì che mi capirà, lei non è moralista e sa cos'è l'amore, le parlerò, ma quando? lunedì tornano i piccioncini e dovrò decidere.

23 febbraio

Una notizia incredibile e pazzesca: Lori è incinta. Nessuno potrebbe mai immaginare di chi. Solo io lo so, dopo averla tormentata con tante domande, finalmente si è decisa. Il padre è François, che però non sa niente. L'avevo intuito, ho il naso sopraffino, io avevo sentito puzza di bruciato ma non avevo voluto crederci ed eccola qui la piccola Lori incinta dell'uomo adorato da sua madre, il bellissimo François gatta morta che continuando a chiamare Maria *mon amour*, continuando a trattarla come un'amatissima compagna, va a ingravidare di nascosto la figlia diciassettenne. Una cosa pazzesca, inaudita. Ma il problema è come dirlo a Maria, che al solito sta tra le nuvole col suo Flaubert; potrebbe essere per lei una notizia letale.

Nonna, che dici, abortisco e non diciamo niente a nessuno?

Non mi sembra una buona idea: in fondo un bambino ci starebbe bene in questa casa.

Ma come faccio a dirlo a mamma?

Potrebbe dirglielo François, che è il responsabile di questo disastroso tradimento.

Mamma ne morirà e io non voglio ucciderla, nonna, in fondo l'abbiamo fatto una volta sola e di corsa e senza amore, ti assicuro, a me è sempre piaciuto François ma non volevo portarlo via a mamma, volevo solo stringere quel corpo bellissimo, ne avevo proprio voglia, e a un certo punto mi sa che la voglia è venuta anche a lui, perché è bastato uno sguardo per capirci.

Non dire bugie, hai fatto di tutto per portarglielo via, ti ho visto, ma pensavo che non ci saresti riuscita, consideravo François un innamorato fedele, e mi sono sbagliata di grosso, ma con la figlia della donna amata è troppo grave, e ora che tu sei incinta la cosa diventa ancora più grave.

28 febbraio

Nonna dice che non devo abortire, ma la sola idea di dare una coltellata alla mamma mi fa vomitare, non so proprio come sia successo, mai e poi mai avrei pensato di rimanere incinta, l'abbiamo fatto una volta sola e senza amore, gliel'ho spiegato alla nonna, ma lei dice che non è vero, che io l'ho imbrogliato perché mi piaceva il bel François, no, anzi, lei dice che ho voluto portarlo via alla mamma per farle un dispetto, ma non è vero, perché avrei dovuto farle un dispetto? volevo solo assaggiarlo come si assaggia un meraviglioso frutto maturo che ti sta sotto gli occhi per tanto tempo e ti fa venire l'acquolina in bocca, volevo solo dare un morso a quella polpa dolcissima e poi rimetterlo al suo posto, purtroppo invece quel morso ha preso vita nel mio ventre e ora sono nei pasticci, Lo vedi che hai una idea mangereccia dell'amore, sei proprio una carogna, a tua madre questo non lo dovevi fare, ci sono tanti ragazzi belli in giro, perché intignarsi sull'innamorato di Maria? Nonna, ti assicuro, non ci ho pensato, è venuto tutto da solo, l'attrazione, il desiderio, ti dico, ci siamo guardati in faccia e abbiamo deciso di farlo, tutto lì, E dove l'avete fatto, sciagurata di una nipote? Be', Tulù era in viaggio e mi aveva lasciato le chiavi di casa, così l'ho portato da lui e abbiamo fatto l'amore sul suo letto, dove di solito lo facevo con Tulù, anche a lui dovrò dire di questo bambino e dargli a credere che sia suo, ecco volendo potrei far passare Tulù per il padre e tutto si sistemerebbe, che dici, nonna, Tulù non avrebbe dubbi, e François certamente non mi smentirebbe, Ma perché non avete usato un preservativo? costa così poco. Non ci abbiamo pensato nonna, è successo tutto così improvvisamente, senza volerlo, forse neanche lui lo voleva, i soli che lo volevano erano i nostri corpi, ma io lo so che lui ama la mamma e non me, per questo non vorrei guastare tutto raccontandole di questo pasticcio, e se le dico che il padre è Tulù e magari me lo sposo? lui non so se sarà d'accordo, anzi penso proprio di no, l'altro giorno mi diceva che voleva andare in Germania appena diplomato per trovare lavoro, figurati se gli piacerebbe restare bloccato qui per un figlio non voluto, I sotterfugi, bambina mia, un giorno o l'altro si scoprono, magari anni dopo, ma il colpo per tua madre sarebbe ancora più terribile: ingannata due volte… e poi non pensi al raggiro nei riguardi di Tulù che non c'entra niente e verso il povero bambino che ancora non è nato e già entra in un sistema di menzogne? Hai ragione, nonna, ma non so proprio come dirglielo, non potresti dirglielo tu alla mamma? No, sei tu che ti sei messa nei pasticci e sei tu che devi dirglielo, prendi il coraggio a due mani e confessale tutto.

2 marzo

La mamma è tornata, col suo François abbronzato e più bello che mai, si tenevano per mano quando sono rientrati, e hanno posato le valigie sul pavimento, Ti ho portato dei bulbi di tulipano, ha detto subito la mamma abbracciandomi, e degli zoccoli di legno fatti a mano, l'ho stretta e baciata, François sembrava un poco imbarazzato, ma ignaro di tutto mi ha abbracciata anche lui come se niente fosse, stamattina grande discussione con la nonna sul corpo e i suoi desideri, io dico che il corpo prende e fa per conto suo e lei crede invece che il corpo è regolato dal cervello e il cervello deve avere la precedenza sulle voglie: Le voglie si trattengono, anima mia, ricordalo, se ti fai guidare da quelle sei una bestia, e dire che spesso perfino le bestie trattengono le loro voglie per un istinto sociale e gregario che appartiene sia al mondo animale sia a quello umano, sai cosa vuol dire sublimazione? e pensare che a noi donne l'hanno insegnato, anzi ci hanno forzato, costretto a conoscerla questa parola importante, Sublimazione, Che vuoi dire, nonna? Voglio dire che gli istinti più naturali si deve imparare a trasformarli in pensieri generosi, e solo l'apprendimento, la riflessione, lo studio, la abitudine al controllo, sì anche un forte controllo sui propri istinti, tutto questo ti insegna a trasformarti in una persona consapevole e decente, Adesso fai la moralista nonna? Macché moralista! sai cosa vuol dire essere consapevoli? Vuol dire conoscere le conseguenze delle proprie azioni, se tu avessi praticato un poco di consapevolezza e di sublimazione non saresti ora in questo pasticcio... mi sa che qualche ragione ce l'ha la perfida e cinica nonna che fa tanto la ganza ma poi obbedisce a una specie di gufo saggio che le sta dentro la testa e la tiene in equilibrio.

3 marzo

François è ripartito e Lori non ha ancora parlato con Maria. Sarei tentata di farlo io, ma voglio che sia lei ad affrontare l'argomento, spetta a lei fare la frittata dopo avere rotto le uova. Io che sarei la pecora nera della famiglia, io che mi prendo quelle libertà che sono tutti pronti a rimproverarmi, passo agli occhi di mia nipote per colei che vuole ristabilire l'ordine familiare! tutto da ridere! Io voglio solo la verità. Non è nascondendola che si risolvono le cose. Sulla scrivania di Maria ho visto i suoi quaderni ordinati, i libri di Flaubert e su Flaubert, la penna, le matite, le gomme e il computer portatile su cui lavora quando ha finito con i quaderni. Una figlia secchiona? Una figlia espertissima e sapientissima nelle cose letterarie, imbranatissima nelle cose della vita? Eppure il suo François le è rimasto accanto, cosa può valere una piccola infedeltà? Ma se l'infedeltà porta alla luce un figlio, allora sì che conta, e il futuro diventa complicato e imprevedibile. Cosa farà Maria quando saprà che il suo amatissimo François si è accoppiato con la sua amatissima Lori e che i due in gran segreto hanno concepito un figlio?

20 marzo

Ieri mi sono seduta accanto alla mamma che pelava i fagiolini per parlarle, ho anche cominciato a dire qualcosa ma lei era distratta e ho capito che non era il momento, ma arriverà mai quel momento? i giorni passano, François è ripartito per Lille e la mamma ha ripreso a scrivergli lunghe lettere d'amore, io la guardo e mi sento un verme, ma i vermi sono ciechi e mangiano senza capire cosa porterà loro il futuro, e se sono invece una larva che scivola e si muove goffa, sapendo che presto si trasformerà in farfalla e volerà via? non so cosa pensare, i pensieri mi si congelano in testa, raffreddati dal dubbio, cosa fare? cosa decidere? seguire il suggerimento di nonna o mentire dicendo che il figlio è di Tulù e così prendo per il culo sia la mamma sia François sia Tulù? oppure, come ho sempre pensato, ricorrere a un aborto che risolve tutto: niente più bambino, niente più bugie, inganni, verità da rivelare, tutto risolto con la cancellazione di una vita?

30 marzo

Ho chiesto a Lori se ne ha parlato con sua madre, ma ancora non l'ha fatto. Ormai sono passati tre mesi e l'idea dell'aborto diventa sempre più improbabile. Ho paura che finirà per scegliere la via più vile, quella di attribuire il figlio a Tulù risparmiando François c Maria. Ma di che risparmio si tratterebbe? Una cosa misera, storta, che poi sicuramente verrebbe fuori magari dopo anni e allora le conseguenze sarebbero ancora più gravi. Mai covare menzogne che inacidiscono il sangue, e poi comunque gli inganni si sgamano e si portano dietro rancori e spirito di vendetta. Intanto il povero Prometeo è morto. Non si sa cos'abbia mangiato, forse un veleno sparso per terra da qualcuno che voleva ammazzare i topi. Lori è disperata:

l'ha portato ai giardinetti e ha scavato una buca per seppellirlo recitando una preghiera. Maria pensa che lei sia disperata per la morte del cane, non indovina il tormento nel piccolo cervello malsano di sua figlia, non sa niente di quel bambino che intanto sta mettendo i capelli, sta formando i piedi per correre nella vita appena uscirà dalla pancia della ragazzina. Cosa farà Maria alla notizia di un bambino del suo amato François che sta facendosi carne e ossa nel grembo di sua figlia? Le direbbe di correre ad abortire o le direbbe di tenerlo? Romperebbe con François o lo spingerebbe a sposare la figlia fedifraga? Non lo so e forse non voglio saperlo: i figli si conoscono poco o forse niente. Tanto vicini a noi e tanto lontani dai nostri sensi in allerta, per questo alcune madri e alcuni padri si trasformano in spioni e aguzzini dei propri figli; non potendoli controllare, li vogliono possedere per via di autorità antica e finiscono nell'inferno delle velleità di dominio.

2 aprile

Prometeo è morta, il veterinario me l'aveva detto che se non guariva entro qualche giorno poteva morire, perché il veleno si stava facendo strada in quel corpicino peloso, tutta l'allegria se n'è andata di colpo, la vedevo arrotolata su se stessa sotto una sedia o sotto il tavolo della cucina, il naso secco e bollente, gli occhi cisposi, il respiro frettoloso, povera cagnolina mia che mi ha voluto tanto bene, mi ha accompagnata dappertutto, perfino quando ho fatto l'amore con François era con me, e mi guardava come sapendo che la stavo facendo grossa, ma non avrebbe mai osato rimproverarmi come la nonna, avrebbe solo sorriso e avrebbe detto di farlo nascere questo bambino, perché ogni nascita è una gioia, Potresti chiamarlo Prometeo come me, avrebbe detto, per una continuità fiabesca fra cani e umani che tu sai si tratta di un rapporto profondo e misterioso in cui tutto sembra improbabile e invece diventa certo nell'amore senza riserve che si stabilisce fra i due, quando l'ho sentita rantolare, l'ho presa in braccio e ho visto i suoi occhi che mi fissavano chiedendo aiuto, mi sono messa a piangere, Non te ne andare mio piccolo amore, non te ne andare, ti prego, che destino infelice hai avuto, povera Prometeo, prima abbandonata e poi morta avvelenata! l'ho stretta forte e l'ho sentita andare via, è diventata rigida e fredda mentre la cullavo piangendo e cantandole la canzone che mamma mi sussurrava nell'orecchio quando ero piccola per farmi addormentare, l'ho portata ai giardinetti e ho chiesto a Dorata di aiutarmi a seppellirla, e lei è stata gentile, ha scavato e scavato senza dire una parola, poi, prima di coprirla di terra, le ha fatto una carezza materna, alla fine ci siamo sedute vicino alla tomba bevendo del caffè che avevo portato con me nel thermos, mi ha regalato uno dei suoi sorrisi sdentati che fanno schifo, ma anche tanta tenerezza, è la sola che non mi giudica, non rimprovera anche se dopo un poco si stufa e mi volta le spalle per tornare ai suoi lavori col ferro, la morte di Prometeo mi ha rinforzata nell'idea di tenerlo il bambino, ora so che è maschio, l'ho visto sull'ecografia, e anche di dirlo a mamma, la verità ha le sue ragioni che la ragione non conosce, non ricordo bene la frase, e di chi è, ma è sacrosanta, voglio affrontare le cose e dirle tutto ma non so come, non ce la faccio, semplicemente non ce la faccio.

10 aprile

Caro François,

mi sembra ieri che giravamo mano nella mano lungo le strade piatte di Amsterdam, ci rincantucciavamo in quel piccolo caffè vicino all'albergo Tulip Elegant, ti ricordi? La porta di vetro che si apriva e si chiudeva in silenzio, ma ogni volta lasciava entrare una folata di nevischio. Il caffè nella tazza grande stretta fra le dita per scaldare le mani, quelle poltroncine imbottite, quei piccoli dolci alla mela, erano deliziosi, siamo stati fuori due mesi eppure mi sembra siano stati due giorni, ormai fissi e incisi nella mia mente come un periodo di allegria e felicità. Non ti ho mai amato tanto e quando mi stringevi dentro quel lettone alto coperto da un piumone gonfio e leggerissimo mi veniva da piangere per la gioia. Non credo di essere mai stata così felice in vita mia.

Qui in casa invece regnano mugugno e malumore. Sento sbattere porte e finestre, mia figlia sta quasi sempre fuori. Dopo la morte di Prometeo si è fatta scorbutica, arrogante, scostante e sempre furibonda. Ti ricordi com'era affettuosa e allegra a Natale, quando le hai regalato la cagnolina e sembrava innamorata della vita, di te soprattutto che la accompagnavi a scuola la mattina, le compravi le scarpe nuove, le regalavi ogni ben di Dio, come se sapesse di avere trovato un nuovo padre. Ora quasi non alza più gli occhi su di me. Mi passa accanto frettolosa per andare a chiudersi in camera a chiave, oppure mi fa un saluto silenzioso con la mano prima di uscire e non la rivedo fino a sera.

A volte rientra che siamo già a letto. In punta di piedi per non svegliarci, va in cucina a bere e poi di nuovo si chiude in camera. Ma io la sento lo stesso, sento i suoi passi nudi sull'impiantito, sento la chiave nella serratura e mi chiedo perché si comporti così. Le ho anche chiesto insistentemente cos'abbia ma non mi ha degnato di una risposta. Uffa, mamma, non capisci niente, mi ha risposto, e se n'è andata in cucina e poi è uscita come al solito sbattendo la porta di casa. Ho chiesto a mia madre se sapesse il perché di tutta questa furia e di tutto questo mutismo ma lei mi ha ribattuto che non ne sa niente. Però nel dire niente ha increspato un poco le labbra come se la sapesse lunga ma si proibisse di parlare. Lei non sbatte le porte ma mi evita.

Pare che il suo fornaio si sia sposato. Meglio così, ha più di trent'anni meno di lei, cosa poteva sortirne di buono? Sembra che ora abbia cominciato un altro gioco d'amore con un certo Filippo e che si scambino centomila WhatsApp al giorno. Vuoi vedere quanto è bello? mi ha detto, ma io non voglio vederlo. Trovo che la mamma esageri con i suoi piccoli e superficiali innamoramenti. Di quanto è più giovane di te? le ho chiesto. Solo quindici anni, mi ha risposto ridendo. Ha moglie e due figlie solo che la moglie fa vita per conto suo, sono separati in casa praticamente. E le figlie? Sono adolescenti e non si curano di quello che fa il padre. Mi sembra una cosa poco decente e con nessuna prospettiva di futuro, capirei un amore tardivo: può capitare, ma con un uomo sposato che vive ancora con la moglie mi sembra inopportuno, e la moglie lo sa? le ho chiesto, ma non ho ricevuto risposta. Immagino che non lo sappia, povera donna, pensa quando scoprirà che suo marito è innamorato di un'altra donna con cui si scambiano messaggi bollenti, così mi ha confessato lei, anche se non si sono mai incontrati. Diavolerie della tecnologia che francamente trovo repellenti: un corpo estraneo, un corpo fantasma, che si fa concreto solo sulla carta, anzi su un video che non dice mai la verità, che va avanti a furia di parole e fotografie bugiarde. Chissà fino a che punto sono vere le cose che le racconta: perché, secondo te, un uomo di quarantacinque anni, bello e benestante, un commerciante di caffè, a quanto mi racconta, dovrebbe mettersi ad amoreggiare con una sessantenne, piacente quanto vuoi, ma di quasi vent'anni più vecchia di lui, anche se ne ha confessati parecchi di meno, ma insomma si tratta comunque di uno sconosciuto, di cui non conosce l'odore, il suono della voce? È un amore tutto virtuale, a me pare, cioè inesistente, solo frutto di fantasie prigioniere di un trucco elettronico.

Ma non ti scoccio oltre con noiose storie di famiglia. Ti voglio dare una bella notizia: i tulipani che ho piantato sul terrazzo hanno attecchito e hanno buttato delle foglioline verdissime che spingono la testa fuori dalla terra bene innaffiata. È un piacere veder crescere quelle piantine che mi ricordano le nostre giornate avventurose e felici. Ho ancora negli occhi i quadri di Van Gogh: i suoi contadini abbruttiti dalle fatiche, ma carichi di gioia di vivere, e poi quel mondo di stelle che sembrano cavolfiori e di cieli solcati da torme di uccelli neri che risaltano contro il giallo del grano. E in fondo in fondo, una piccola figura nera che cammina in mezzo alle spighe. Si tratta dell'autore, come suggerisce la spiegazione, o di un contadino pensoso che si avvia verso casa, e poi casa e orizzonte si uniscono in un'unica linea gonfia e perlata.

E ti ricordi quando abbiamo mangiato al self service del museo, che ti è cascato il vassoio con tutto il piatto e il bicchiere pieno d'acqua? Per fortuna non si sono rotti, ma tu eri rosso per la vergogna, mentre io ridevo. Il piatto ha preso a correre, in verticale, come un disco volante, in mezzo ai tavolini, e il bicchiere saltava come un canguro: Ma saranno di gomma? hai detto, e siamo scoppiati a ridere inseguendo piatto e bicchiere che fuggivano verso la porta. E ti ricordi quando abbiamo visto quell'uomo al porto che comprava le aringhe crude e se le cacciava tutte intere in bocca come una foca affamata?

E le infinite passeggiate lungo i canali? Una volta stavo per essere travolta da una bicicletta, ti ricordi? mi pare che stessimo camminando su una pista ciclabile dove le bici corrono senza pensiero, e quando ci ha evitati per miracolo, invece di fermarsi e chiedere scusa, il ciclista ha cominciato a inveire. Tu ti eri buttato su di me per salvarmi da quell'energumeno e abbiamo continuato abbracciati. Com'è importante staccare da tutto quello che è quotidiano e noto e stranoto, dalle case che ci stanno strette per andare in visita in città sconosciute, fra volti mai visti, cercando di adattarsi a usi diversi.

Ti ricordi quella mattina di un lunedì in cui abbiamo trovato il portone ostruito da due corpi di ragazzi ubriachi che dormivano sodo e non c'è stato modo di spostarli, abbiamo dovuto scavalcarli, te lo ricordi? Appena usciti, siamo stati abbracciati da un delizioso calore: il sole, dopo otto giorni di pioggia, neve e vento, era saltato fuori caldo, dolcissimo e inaspettato. Tu hai voluto toglierti il piumino. Ma poi, non sapendo dove metterlo, hai finito per rinfilartelo. Chissà perché ogni nostro gesto ci sembrava goffo e buffo, ci faceva ridere fino alle lacrime. È la nostra luna di miele, mi hai detto in un orecchio. Ma se stiamo insieme da cinque anni e abbiamo fatto tanti viaggi? Be', una luna di miele come si deve, con tanto tempo a disposizione, non l'abbiamo mai fatta, e questa è quella giusta. Infatti era come se ci fossimo messi insieme solo da pochi giorni. Il tuo corpo non ha mai aderito così bene al mio da quando ci conosciamo. Il tuo fiato nel mio, la tua lingua intrecciata alla mia, i tuoi occhi chiusi nella gioia di un sesso dolce, profondo e mai provato.

Mi dispiace tanto che sia finita, anche se è durata così a lungo, così a lungo non ci eravamo mai concessi, tu con la tua società e io con le mie traduzioni, ma questa volta dovevamo farlo perché ci spetta molta gioia e molto amore, hai detto, e non mi sono più sentita in colpa per le traduzioni trascurate.

Con infinito amore, mio François, ti abbraccio forte forte,

Maria

15 aprile

La nonna dice che se non parlo entro questa settimana con la mamma lo farà lei, No, ti prego, nonna, non lo vedi com'è felice? mi ha fatto vedere tutte le fotografie del loro viaggio, che lui ha voluto chiamare *la nostra luna di miele*, stanno sempre appiccicati e si amano più che mai e io dovrei infilare il coltello in questi due cuori appassionati? come faccio, me lo spieghi, come faccio? il coltello lo infilerei volentieri nel cuore labile di François, ma non in quello di mamma che è tutto gonfio d'amore, proprio come uno di quei tulipani che ha portato in valigia e che sta per sbocciare.

Prendo il motorino, vado al supermercato, riempio una borsa di roba da mangiare e la porto a Dorata che mi ringrazia con uno dei suoi baci appiccicosi, le ho detto che aspetto un bambino ma credo che non mi ha capito, vive in un mondo a sé, dove le parole non servono e i pensieri volano come uccelli liberi e indaffarati, le ho portato anche un piumone che ho trovato in casa, credo della nonna, ma non lo usa più da anni e stava lì a fare le tarme, Dorata sei contenta? Lei non risponde, non parla, se mi sorride con la bocca senza denti è già molto, mi strappa dalle mani le cose che le porto e mi prende in giro mentre il moccio le cola dal naso, le ho offerto di portarla in una comunità che conosco per farle avere un letto, ma lei ha scosso la testa con decisione, considera l'immondezzaio vicino al ponte la sua casa, si è costruita un tettuccio di un materiale ondulato che ho paura sia amianto e delle pareti sbilenche inchiodando insieme dei legni di un pollaio, almeno credo che vengono da un pollaio perché alle assi screpolate e rotte stanno appiccicate piccole piume di tutti i colori che ogni tanto si staccano e volano per aria, in terra si è preparata un letto fatto di un vecchio materasso sudicio e certamente pieno di pulci, ma lì si trova bene, si considera libera e padrona, e anche se per qualche giorno non mangia perché non ha trovato nessuno che le ha dato due monete, va bene lo stesso, ho scoperto che tiene vicino al giaciglio dei libri, Ma tu leggi Dorata? mi ha fatto cenno di sì con la testa, E cosa leggi? mi ha mostrato i libri, tutti sbertucciati, con la copertina macchiata, le pagine mancanti, c'è un libro sui gatti, un libro sui cinici greci, un *Piccolo principe*, una *Capanna dello zio Tom*, li ha trovati fra le cose buttate e li tiene con cura, le ho raccontato del figlio non voluto e del pasticcio di una famiglia che si sta facendo del male, tanto non mi sente o non mi ascolta, a un certo punto ha battuto le mani e ha riso come se raccontassi la cosa più buffa del mondo, Dorata, ti sto parlando di una tragedia, ma lei niente, ha continuato a battere le mani, non ho ancora capito fino a che punto sente da quelle orecchie sporche, mi sono chiesta come riesce a lavarsi, ogni tanto dovrà pur farlo, poi ho scoperto che quando ha un poco di soldi si rifugia nel gabinetto della stazione dove ci sono anche le docce a pagamento e si lava per bene anche i capelli lunghi e bianchi, Dorata, sei un fenomeno, vuoi degli altri libri? te li porto, ma lei mi fa di no con la testa, non capisco fino a che punto è sorda e fino a che punto chiude le orecchie quando non vuole sentire, potrebbe anche essere completamente sorda e capirmi perché legge le mie labbra, quando spalanca gli occhi azzurri liquidi e persi, penso che non è molto diversa da una di quelle mistiche medioevali di cui mi parla la mamma, che si ritiravano a vivere in una grotta, nutrendosi solo di erbe, però le mistiche lo facevano per amore di Cristo il loro sposo, Dorata lo fa per amore della libertà, che forse sente un poco sposo come le mistiche consideravano marito il corpo piagato di Cristo, la mistica trovava la pace nella bellezza e nella solitudine di una montagna, Dorata trova la sua pace fra le immondizie di una città sporca, confusa e priva di controlli, le ho portato del caffè solubile e lei mi ha baciato una mano con fare rispettoso, Ma come fai a procurarti l'acqua calda? voltandomi le spalle ha preso ad accendere un piccolo fuoco, non so dove ha trovato i fiammiferi, è abilissima ad accendere un piccolo falò che basta per scaldare una latta piena di acqua di fiume.

Con Tulù abbiamo ripreso alla grande, l'amore sembra essere tornato caldo e impetuoso: può una donna incinta suscitare dei desideri nuovi? lui non sa che aspetto un figlio, ma il mio corpo sì, e si è acceso come un sole che manda fuori raggi caldi e morbidi, raggi che scaldano senza scottare, dev'essere così, perché per strada mi guardano come se volessero mangiarmi, per fortuna ancora non si vede quasi niente e io mi vesto con cose larghe che confondono le idee, ma fra poco non potrò più nascondere la pancia e allora tutti i nodi verranno al pettine e sarò costretta a dire la verità; ma cos'è poi la verità? una crudeltà inutile secondo me, quando mai una verità ha portato gioia? solo dolore, rabbia e ritorsioni, per me la verità è una cosa stupida, che va nascosta il meglio possibile, fa solo danni e costringe la gente a prendere decisioni stupide, purtroppo però un figlio è più di una verità, è una testimonianza e dovrò pur inventare qualcosa per farlo accettare, comunque ho deciso di tenerlo, lo terrò e nel migliore dei modi, io non ho paura di diventare una ragazza madre: se mi daranno una mano, bene, sennò mi arrangerò, farò come quella povera peruviana che veniva a fare le pulizie in una delle case editrici per cui lavorava la mamma: si portava il figlio appena nato dentro un cesto che appoggiava per terra, mai troppo lontano da dove stava passando lo straccio, o la scopa, o l'aspirapolvere, e il bambino, anzi la bambina, si chiamava Estrellita, aveva capito che doveva stare buona se voleva rimanere vicina alla madre e in effetti se ne stava quieta e silenziosa nella sua cesta e quando aveva fame chiamava la madre con un movimento delle gambine che agitava per aria come a fare un balletto, i piedini nudi gridavano al posto della voce che aveva imparato a trattenere in gola, così farò io se la mamma mi caccerà di casa, potrei andare da François, che almeno con lei si è mostrato protettivo e innamorato, ma ho paura che non mi accoglierebbe con gioia: dopo la morte della vecchia madre vive con uno zio paralitico, così mi ha raccontato, non credo che ci sarebbe posto per me e per il bambino, mi metterò a lavorare e mi porterò dietro il figlio come fanno le giapponesi, avvolto dentro un telo e legato dietro le spalle con le due ginocchia che si affacciano sui fianchi, trovando cibo per lui e per me, avrebbe tutte le ragioni di cacciarmi, la mamma, l'ho combinata troppo grossa, basta che non fa tante storie, detesto vederla piangere, anche se in effetti sono anni che non piange, da quando papà se n'è andato, magro come una sardina, dopo le tante cure che gli hanno fatto, perfino il trapianto, sembrava guarito dalla malattia e invece poi lei gli è ripiombata addosso e se l'è mangiato in un batter di ciglia, era pallido e aveva la faccia gonfia come un pallone, i capelli gli erano caduti, pareva un centenario e non aveva neppure quarant'anni, ero così arrabbiata da piccola che se ne fosse andato senza neanche salutare, ma quando guardo la fotografia in cui ci siamo lui e io che camminiamo lungo una stradina di campagna, seguiti da un cane bianco e nero, penso che l'ho amato tanto e che forse qualcosa di quell'amore è rimasto sepolto da qualche parte: me lo vedo che corre in bicicletta, come faceva quando ero piccola io, portandomi sul sellino posteriore, Aggràppati bene che sennò cadi, mi diceva, e una volta siamo pure caduti, ma non ci siamo fatti niente, ci siamo abbracciati rotolandoci sull'erba.

2 maggio

Filippo è diventato ossessivo: vuole sapere ogni minuto cosa faccio, dove vado, chi vedo, come se fosse il mio fidanzato. Ma se non ci siamo mai visti, Filippo, che pretese hai? Lui però dice che mi ama per la forza di un sentimento che non aveva previsto e che sta mettendo in pericolo la sua famiglia, a cui è legato come a un destino che lo avvince. Filippo, non ci conosciamo, non so di che pasta sei fatto, lasciamo le cose come stanno, questo amore da lontano mi scalda il cuore, perché vuoi forzare gli eventi?

Lui risponde che mi ha visto mille volte in fotografia: Non ci mandiamo spesso le foto attraverso WhatsApp, non sappiamo forse come siamo fatti? Sì, però le foto mentono Filippo, io per esempio ti ho mentito, non ho quarant'anni ma sessanta e sono nonna di una nipote che presto mi renderà bisnonna. Ho dovuto dirglielo perché mi stava tormentando quasi fossi una sua proprietà acquisita per amore informatico. Per cinque giorni non l'ho più sentito né letto, WhatsApp, con la sua foto nel minuscolo cerchio magico, non ha pulsato per attirare la mia attenzione.

Il sesto giorno ho sentito il bip ed eccolo lì di nuovo. Non m'importa niente dell'età che hai Gesuina, io ti amo per quello che scrivi, per la testa che hai, per il corpo che vedo in fotografia, dimmi almeno che le fotografie sono vere e tue, dimmi che non sei una vecchina gobba e tutta rughe ma una bella donna alta e formosa come vedo nelle fotografie. Le foto sono di quest'anno e alcune dell'anno scorso, io sono come mi vedi Filippo. E lui, soddisfatto, mi ha mandato tante faccine sorridenti. Mi sembra comunque straordinario che un uomo di quarantacinque anni si sia innamorato, anche se solo per immagine, di una di sessanta, e senta il bisogno di scrivermi e controllarmi.

Secondo me neanche lui vuole veramente incontrarmi, ma possedermi via etere, virtualmente farmi sua, tutta sua e pronta a un abbraccio che non avverrà mai anche se avverrà tutti i momenti nella sua immaginazione e forse anche nella mia. Solo che io non sento questo bisogno di possesso: so che ha una moglie, due figlie a cui è affezionato e non pretenderei mai che le lasciasse per venire a vivere con me. Mi chiedo se noi donne abbiamo introiettato un senso delle convenienze, non dico sociali, ma più profonde, riguardanti il pudore e le consuetudini del sentimento, che gli uomini invece non hanno introiettato, abituati come sono ad appropriarsi dei corpi femminili a loro piacere. Corpi che quando si allontanano e mostrano ritrosia e indipendenza suscitano in loro rabbia, gelosia, volontà di possesso e dominio. Ma questo mi sembra un ragionamento che farebbe mia figlia Maria, poco abituale sulle mie labbra, poco simile al mio carattere e alle mie abitudini mentali. Che stia diventando simile a lei? che gli anni incalzanti mi stiano ammorbidendo e scolorendo? che la gravidanza di Lori mi stia portando a cambiare stile?

Non ho mai parlato a Filippo di Simone il fornaio, ma se venisse a saperlo, cosa farebbe? Niente probabilmente, perché anche quella storia cadrebbe nel campo della virtualità e si trasformerebbe in parole rabbiose e insultanti. E se invece, come sembra succedere tutti i giorni, Filippo si armasse di un coltello e venisse a uccidere me e Simone? Ma quali sono i rapporti fra l'immaginazione e la realtà? lo devo chiedere a mia figlia Maria, che è la dotta della famiglia e legge tanti libri, anche di psicologia oltre che di storia e di filosofia. Ma Maria è persa nei suoi deliri amorosi. Non immagina nemmeno quale tremenda legnata stia per prendere in testa. E sarà sua figlia a dargliela, la legnata che la tramortirà. Povera Maria! Eppure è bene che sappia come stanno le cose, non si può continuare a vivere tra le nuvole e nella finzione che c'incatena in questa casa insieme. Io vorrei starne fuori ma ci sono dentro fino al collo nonostante i miei garbugli amorosi. Tutto è complicato Gesuina, tutto, non c'è niente di veramente limpido e prevedibile. Siamo dentro una nube scura augurandoci che si diradi ma intanto non vediamo neanche dove posano i nostri i piedi.

10 maggio

Caro François,

in questa casa gira un segreto che appartiene a mia madre e a mia figlia. Ho colto delle occhiate strane fra di loro: che sta succedendo? Sembra che mi nascondano qualcosa, ma cosa? In una piccola comunità femminile ogni cosa gira in tondo, non sfugge niente, soprattutto il possesso di un segreto che passa da un cervello all'altro, rivelandosi attraverso rapidi sguardi misteriosi, ma che in questo caso coinvolgono solo due teste, la terza viene lasciata da una parte, ignara e ignorata. Non capisco nemmeno se il segreto riguardi me in qualche modo. Ma se sono tanto ostinate nel tenermelo nascosto, non posso fare a meno di pensare che mi riguardi. Mi riguarda, Lori? Vorrei chiederglielo perché la più sconvolta da questo segreto mi pare lei, ma tiene la bocca cucita e non risponde alle mie domande.

Scusa se ti annoio con le storie di famiglia. A volte mi chiedo perché sono sempre io a parlarti della mia casa e della mia famiglia mentre tu taci sulla tua casa e sulla tua famiglia, piccola in verità se, come mi dici, abiti a Lille con uno zio paralitico da quando tua madre è morta. Contrariamente a mia madre, che tiene una corrispondenza con un certo Filippo via WhatsApp e sa tutto di lui e mi fa vedere le sue fotografie, io non ho mai visto la tua casa, non ho mai visto una fotografia di tua madre, non so come sia fatta la stanza dove dormi, la cucina dove la mattina prendi il caffè, la faccia e il corpo di questo zio paralitico di cui mi hai appena accennato. Il fatto che siamo tutti e due restii alla tecnologia ci rende forse più lontani e più ignoranti l'uno dell'altro? Ma d'altronde tu me lo dici spesso: l'amore è la sola verità fra di noi, il resto non conta. E in effetti quando stiamo insieme sembriamo due innamorati al primo incontro: coetanei, liberi, felici di stare insieme, di abbracciarci, di ridere, di baciarci, è tutto così facile e perfetto, ma a volte penso che ce ne stiamo sospesi dentro una bolla leggera e iridata, una bolla che potrebbe esplodere da un momento all'altro proprio perché appartiene alle bolle il destino di sparire dopo essersi dissolte in mille pezzi. Forse esagero, fra noi due c'è invece qualcosa di molto più concreto e stabile, c'è l'intesa fra due corpi adulti e consenzienti che si cercano, si ritrovano, si accoppiano e provano piacere nel farlo. Non dimentichiamo questo decisivo particolare: non siamo solo due sognatori innamorati dell'amore, ma due persone che si conoscono sempre meglio, che si scrivono sinceramente, anche i pensieri più remoti, e appena possono progettano insieme delle bellissime vacanze, e quando s'incontrano si abbracciano con una gioia sempre rinnovata. Non è poco, François, forse è tanto, tantissimo, tutta la realtà dell'universo sta racchiusa in questo piccolo mondo di pensieri e fatti che pesa quanto un bue intero, nel momento in cui siamo insieme siamo una sola persona, o forse due in una, non so dirti, però ti sento come una parte di me e tutto il resto non conta, come tu dici.

Stanotte ti ho sognato di nuovo. Ti tenevo stretto a me come sempre ma improvvisamente mi accorgevo di stringere uno strano essere dalla pelle scivolosa e vischiosa, ho sentito dei brividi di paura, infatti mi sono accorta che stavo stringendo fra le braccia un enorme coccodrillo dalle squame spesse e dure. Ho cacciato un urlo e mi sono svegliata. Come ho fatto a fare un sogno così stupido non lo so… Il coccodrillo però non voleva farmi del male, solo abbracciarmi, capisci la stranezza? un coccodrillo addosso, con le zampe bagnate, che mi si aggrappava ai fianchi e la sua bocca lunga e irta di una doppia fila di denti voleva baciare la mia: ma come fa una bocca di coccodrillo a baciare una bocca umana? Ho sentito svegliandomi un sapore di acqua salsa e di alghe. L'immaginazione può fare scherzi efferati.

Ti abbraccio con tanto amore, a presto,

Maria

21 maggio

Mamma cara, anzi carissima,

ho deciso di scriverti una lettera perché a voce non ce la faccio… voglio prima di tutto dirti che il mio amore per te è pazzesco, è profondo come un pozzo e da quel pozzo io ho sempre tirato su acqua buona da bere, è un'acqua leggera, dolce, pulita, fresca come nessun'altra acqua, mamma, ecco, sono qui per confessarti che in quel pozzo io, con l'incoscienza di una bambina egoista, ho gettato, senza quasi volere, ma con un gesto cattivo, qualcosa che ha avvelenato le acque, dobbiamo chiuderlo quel pozzo, mamma, perché potrebbe mandarci all'altro mondo. Tu mi dirai: ma che stai dicendo, Lori? cosa sono questi giri di parole? cosa mi vuoi dire? e io ti rispondo che non riesco a dirtelo perché so che ti caccerei un coltello nel petto, ma nello stesso tempo, come pensa nonna, devo dirtelo perché qualsiasi verità, anche dura, amara, assassina, è meglio della bugia, la verità che devo dirti riguarda François, so quanto vi amate, so che siete due corpi che si sono incontrati, scelti e si conoscono e si amano ma l'amore a volte si addormenta anche per pochi secondi, François ed io abbiamo fatto l'amore, ma ti assicuro senza nessun sentimento, e da quel momento di stupidità è nato un bambino, ecco, questo è il segreto che mi tengo da mesi e che mi sta facendo morire di angoscia, te lo dovevo confessare, la nonna me lo dice dal primo momento che l'ha saputo e forse ha ragione, mi ha costretta a dirtelo, è importante, e devi saperlo, che io non amo François né lui ama me, mi sono comportata da vile e da stupida, ma ora la frittata è fatta, come dice nonna, e se vorrai cacciarmi di casa, ti capirò, mi arrangerò, col bambino e senza un uomo che mi sta accanto, non prendertela con François perché ti ama veramente e considera chiusa questa piccola vigliaccheria, lui non sa del figlio e se vuoi neanche glielo diciamo, ci teniamo per noi il segreto e tiriamo su questo bambino in tre, tu nonna ed io, anche se non oso sperare in un sogno di questo genere, sarebbe troppo bello, so che per te sarebbe una tragedia: dovresti lasciare François che ti ama e che tu ami e io non voglio sciupare questo grande amore, pur avendo contribuito a sciuparlo, forse ero gelosa della vostra bellissima unione, forse speravo di farlo mio rubandolo di nascosto, ma credo veramente che alla fine me ne andrò, per il momento chiederò ospitalità alla mia amica Agata che proprio l'altro giorno mi diceva di aver lasciato il marito e vorrebbe qualcuno in casa per tenerle compagnia, non avrebbe solo la presenza mia ma anche quella di un nuovo nato, che spero sarà tranquillo come Estrellita, la figlia della peruviana che puliva nella casa editrice con cui collaboravi, te la ricordi? la storia me l'hai raccontata tu, la giovane madre, ma come si chiamava?, non lo ricordo, che portava la sua neonata Estrellita al lavoro dentro una cesta e la spostava dovunque si trovava, sia quando passava lo straccio sul pavimento, sia quando preparava delle tazzine di caffè per gli impiegati, e siccome la bambina era tranquillissima, nessuno ci aveva trovato da ridire, io farò lo stesso, mamma, mi arrangerò non ti preoccupare, ecco devo confessarti che mi sento così alleggerita dal peso del grande segreto che mi viene voglia di volare, sono diventata leggera, leggerissima, pronta a prendere il volo, mi piacerebbe appollaiarmi sul soffitto mentre tu leggi queste lettera e capire come la prenderai, non mi odiare troppo, mamma, il mio amore per te non è cambiato, avrei potuto abortire, ma da quando l'ho sentito muoversi dentro di me questo bambino, mi è diventato sempre più difficile il pensiero di cacciarlo via, avevo pensato di dire che era figlio di Tulù, ne ho parlato con la nonna ma giustamente lei mi ha detto che così avrei preso per il culo non solo me e te e François, ma anche Tulù, per non contare poi che il bambino sarebbe cresciuto con un padre che non era il suo, troppi nodi da sciogliere e io sono bravissima nel crearli, nodi alla marinaia, nodi alla pescatora, nodi a doppia, tripla chiusura, ma pessima a scioglierli, mamma, ti ho detto tutto, adesso aspetto la tua parola, qualsiasi sarà la tua decisione la accetterò senza protestare, io ho torto e tu ragione, anche se so che la ragione in questo caso non ti darà nessuna soddisfazione ma solo preoccupazioni e dolore, non te la prendere con François, è tutta colpa mia.

Ti abbraccio con tutto il cuore, tua

Lori

22 maggio

Stamattina Lori è venuta a svegliarmi gridando. Mi ha tirato per un braccio verso la camera di Maria.

Era sdraiata composta sul letto, tutta vestita, solo la fronte sudata e i capelli appiccicati al cranio. Non so quante pillole di sonnifero abbia preso. Mi tremavano le mani quando ho provato a sentirle il polso, che ancora pulsava ma debole e fiacco, quasi inesistente. Ho chiamato l'ambulanza mentre Lori girava per casa senza sapere che fare. Nel vestirmi in fretta l'ho sentita che singhiozzava. Invece di piangere, vèstiti e accompagnami al pronto soccorso! Ma ho capito che non ce la faceva. Così mi sono precipitata appena arrivata l'ambulanza e sono andata con Maria all'ospedale.

Guardavo i due infermieri che la allacciavano al lettino e il motore che ruggiva sotto sforzo per farsi largo nel traffico. Una volta arrivati, volevo entrare con lei e gli infermieri nella sala operatoria ma me l'hanno proibito. Si segga qui e aspetti, le diremo noi quando entrare. E sono spariti. Sentivo che le facevano la lavanda gastrica. Rumori orrendi di vomito, di tosse disperata, di voci che si alternavano frettolose. Dopo un'ora sono usciti con la barella. Lei era lì, pallida come una morta ma viva, ho visto i suoi occhi spenti, la faccia tirata, il collo gonfio. Grazie per averla salvata!

Ma la barella correva e gli infermieri la spingevano lungo corridoi lunghissimi. Sono corsa con loro. Dove la state portando? La dobbiamo intubare e sistemare nella sala. Quale sala? In rianimazione. Ma perché? Lei non può entrare, non può entrare.

L'infermiere ora era uno solo e aveva le braccia nude, tatuate. Ho cercato di dire qualcosa a mia figlia, ma le mie parole non la raggiungevano. I corridoi si sono susseguiti ad altri corridoi. Io seguivo quei tatuaggi che mi affascinavano per la loro bruttezza. Una sirena dalla testa che spuntava coperta di lunghi capelli sulla spalla, e una lunga coda di pesce che si stendeva lungo il braccio destro. Sull'altro braccio una nave con tutte le vele spiegate. Ad ogni movimento del muscolo le vele sembravano riempirsi di vento e procedere verso l'orizzonte. Intanto la sirena agitava la coda. Sirena e battello non s'incontreranno mai fuori da quelle braccia muscolose, eppure si gonfiano e si muovono come se fossero vivi.

30 maggio

Sono vicina al letto di mia figlia, dentro una stanza in cui giacciono altre tre donne in coma. Mi hanno costretta a infilarmi dentro un camice verde, con una cuffia in testa, le mani disinfettate, le scarpe chiuse in due buste di plastica che mi fanno camminare come fossi sulle nuvole. Maria è in coma da giorni. Respira. Il suo cuore batte, le sue palpebre sono chiuse. Le sue labbra serrate si aprono solo per far passare un tubo che la nutre artificialmente. I miei occhi seguono meccanici le braccia dell'infermiere che traffica attorno al letto delle malate.

La sirena d'inchiostro nero vorrebbe salire sulla nave? Magari innamorarsi di uno dei marinai che issano le vele a furia di braccia e si arrampicano sul grande albero al centro del battello per scrutare l'orizzonte? Ma il marinaio si sarebbe mai innamorato di una sirena? La leggenda dice che è la sirena a innamorarsi di un marinaio. Le sirene, però, racconta ancora la leggenda, portano sfortuna e bisogna stare alla larga dai loro corpi stregati. Fatto sta che la donna mezzo pesce continua a seguire la nave e più i marinai si rendono conto della sua presenza, più il mare s'ingrossa, il vento infuria e mette a repentaglio la vita di tutti.

A questo punto il capitano capisce che la sirena è innamorata di un suo marinaio e decide di tirare a sorte il nome di uno di loro per buttarlo in mare e così calmare le acque. Un giovane e bellissimo marinaio risulta quello prescelto dal caso. Ma quel giovane è anche il più bravo, e il capitano decide di dargli una seconda e una terza possibilità, però ogni volta, nel tirare a sorte i nomi, viene fuori il suo: dev'essere proprio lui l'uomo di cui è innamorata la sirena e così, sebbene a malincuore, il capitano decide di gettarlo in acqua, ma il marinaio lo ferma dicendo: Avete ragione, il mio nome è venuto fuori tre volte e quindi sono io che devo sacrificarmi per salvare la nave, ma prima di buttarmi a mare, lasciatemi solo con la sirena. Lo lasciano solo e lui si sporge a poppa, dove appare e scompare la sirena, e le canta una bellissima canzone irlandese, triste e languida, ma talmente dolce che la sirena, cullata da quella voce e da quella bellissima musica, si placa, e immediatamente il mare diventa tranquillo e la nave può proseguire la sua strada senza sacrificare il bel marinaio.

Quel battello che si agita sulle sue braccia nude e quella sirena che nuota nelle acque turbolente e ascolta la soave voce del marinaio accompagnano il dolore che non sono in grado di mettere a dormire. Il marinaio non c'è. Non ci sono corpi umani su questi disegni incisi nella pelle. Chissà quando e dove ho letto questa fiaba che mi torna in mente adesso, osservando i tatuaggi dell'infermiere. Per quanto mi sforzi di portare gli occhi su Maria scrutando la sua faccia immobile, non riesco a non osservare incantata quelle braccia che si muovono sicure ed efficienti, ma anche smagate e terribili con la freddezza del destino.

Mi fa troppo male fissare a lungo la faccia cerea e immobile di mia figlia. Ti prego, mamma, non morire, dice Lori, che se ne sta seduta nel corridoio e con cui ci diamo il cambio accanto al lettino di Maria. È arrivato pure François, che si è seduto in punta di sedia, quieto e pallido, a guardarsi le mani. Non parla, non mangia, sembra affranto. Ma il guaio l'ha combinato lui, anzi lei, anzi tutti e due. Sembrano disperati, lui e Lori, e si tengono lontani l'uno dall'altra, ora che sa cos'è successo e la pancia è diventata evidente lui non la degna di uno sguardo, ma pure si sente che la vicinanza di lei lo inquieta.

4 giugno

La mia pancia cresce e la scuola è quasi finita, finalmente, anche se ultimamente ci sono andata poco, il bambino scalpita, volevo che François sentisse i suoi calci mettendo una mano sulla mia pelle tesa, ma non ha voluto, ha fatto due rughe profonde sulla fronte che non aveva prima di questo suicidio, ha detto così, come se la mamma fosse morta, Ma è viva, ho insistito, è in coma e non si sa quando si riprenderà, forse qualche giorno, forse qualche anno, dice il medico che mi guarda come se fossi una stupida barbona, e forse lo sono una stupida barbona, come Dorata, ho i capelli spettinati, la pancia che mi solleva la gonna, una maglia troppo larga che mi scivola sui fianchi e l'aria di chi non respira bene e ha troppe pigne in testa, non la posso guardare stesa su quel lettino, la mamma, chiusa nel reparto rianimazione, in mezzo a quella gente che respira appena, non vede, non parla, ho fatto male a scrivere quella lettera? vorrei chiederlo a François ma lui non parla e non ascolta, vorrei chiederlo alla nonna ma anche lei pare sorda, come se fosse solo e tutta mia la colpa, Mamma, ti prego non morire, abbiamo bisogno di te e poi non voglio passare la vita a pentirmi di averti detto la verità, ti prego, mamma, riapri gli occhi, guardami, dimmi che ci sei ancora, io sono persa senza di te, lo sapevo che la verità è una cosa stupida e pericolosa, un veleno che può uccidere, l'avevo detto alla nonna, ma lei ha insistito e pure mio figlio Prometeo me l'ha detto con il suo linguaggio dei calci in pancia che dovevo raccontare la verità, a costo di fare un casino, ma la vita è un casino, mamma, non è né colpa mia né di François, ma dimmi come posso rimediare, dimmelo, per favore, e io lo farò, il bambino sembra tranquillo e felice, continua placidamente a crescere mandando ogni tanto una scarica di calci che mi fa salire la nausea, la ginecologa Amelia dice che è sano e grosso e nascerà a settembre e farà grandi cose perché ha la forza di un torello e l'impeto di un capretto che dà cornate ancora prima di uscire, Dovevi prevedere le conseguenze, mi sgrida nonna, Ma come, quando, in che modo? non sempre uno pensa alle conseguenze, Perché tu, Lori, non sei responsabile, dice lei, la persona responsabile è quella che prevede le conseguenze delle sue azioni, questo significa essere responsabile, Me l'hai già detto tante volte nonna, ma non mi sembra che tu sei tanto più responsabile di me, con tutti i tuoi amori da vecchia, Io so quello che faccio e non imbroglio nessuno, grida lei, io non rubo, non inganno, non provoco casini, i miei amori sono alla luce del sole, ma so bene che non è vero perché ne ha ingannati più lei di Mata Hari.

7 giugno

François è ripartito. Lugubre, silenzioso, pallido. Non è colpa tua, François, i corpi a volte tradiscono, le conseguenze di solito sono nulle ma in questo caso avete concepito un figlio e tutto è diventato più complicato. Sarà bello come te questo bambino che Lori vuole chiamare Prometeo, ma a me sembra una cazzata. Alla cagnolina non ha portato fortuna e nella memoria storica è legato a un destino perfido: un uomo incatenato a una roccia, il cui fegato viene trafitto e divorato di continuo dal becco vorace di un'aquila. Un castigo feroce per un peccato che non capisco: avere rubato il fuoco agli dèi per darlo agli uomini, non è stata forse per noi una bellissima conquista? Perché punirlo così crudelmente? Ma ragionando capisco che, per chi comanda in quei cieli abitati da tiranni vendicativi, si tratta di un peccato imperdonabile. Prometeo era solo un Titano entrato in disgrazia coi potenti celesti? O era un amico del progresso che tanto ha fatto infuriare chi voleva l'uomo sottomesso e ubbidiente? Io non lo so, ma François, che conosce bene il mito, dice che era un eroe. Mentre Lori non lo conosce affatto e si affida a una memoria vocale, qualcosa che le ricorda la madre e la cagnolina morta precocemente.

15 giugno

Pronto, pronto, sono sempre io, registratorino mio oggi ti sei acceso prima del solito… ma ha un senso parlare con una macchina? E con chi dovrei parlare? Solo tu mi ascolti e sigilli le mie parole con serena pignoleria. Per questo vale la pena darti fiducia, motorino mio prezioso.

Voglio cominciare dal piccolo Prometeo che scalcia dentro la pigra pancia di sua madre mentre lei s'ingozza di gelati che le addolciscono la gola sempre infiammata. Lo dovresti chiamare Fragolino, dico io, perché lei adora il gelato alla fragola. Intanto Maria è ancora in coma nella sala di terapia intensiva, e la pigrizia sta vincendo sulla solerzia, andiamo sempre meno spesso a trovarla in ospedale. È come se la mia addolorata figlia volesse morire senza morire: se ne sta lì muta e inerte, a occhi chiusi, in uno stanzone assieme a tante altre creature dal corpo immobile, nel silenzio di una stanza in cui sibilano solo i tubi dell'ossigeno. François telefona spesso per sapere come sta la sua Maria, ma non chiede del bambino. Lo ignora e Lori si dispiace, anche se dichiara continuamente che il figlio è suo e di nessun altro e lo tirerà su da sola senza il bisogno di chicchessia. Una dichiarazione un poco insolente e presuntuosa. Intanto non fa un cazzo e sono io che devo occuparmi della casa: la spesa, cucinare, lavare i panni, ordinare, scopare per terra. Ho la schiena a pezzi.

Il lavoro di infermiera non patentata ma dalle mani d'oro è raddoppiato, per fortuna. Ora esco a tutte le ore per andare a fare le punture a pagamento. Non s'immagina quanta gente abbia bisogno d'iniezioni: per l'influenza, per il mal di fegato, per il diabete, per la rinite, per il mal di pancia, per l'asma, e non s'immagina quanto abbiano paura della siringa e scoprano il sedere con timore di quell'ago, soprattutto i bambini e gli anziani, ma io li rassicuro e quando realizzano che neanche si accorgono della puntura, mi mandano a richiamare per ogni stupido malessere.

Lori mi chiede che culi abbia notariato oggi ma non ho più né la voglia né l'energia per soffermarmi sul linguaggio dei culi. Li scopro, li buco e poi corro via. Non leggi più le costellazioni dei nei sulla schiena dei clienti? No, Lori, sono troppo stanca e scappo sempre, non ho tempo. Ma mi chiedo: ci stiamo davvero abituando a questa vita di merda? Maria in ospedale, nel reparto rianimazione, io che vado in giro a bucare sederi e Lori che è sempre più grossa e pesante e non ha voglia di muoversi se non per andare dal gelataio a comprarsi un cono. Si riempie di gelati, soprattutto alla fragola. Nascerà un bambino con la voglia di fragola sul sedere, le dico per invogliarla a camminare di più, a smettere d'ingozzarsi, ma lei non mi ascolta, se ne sta buttata sul divano a guardare certi programmi con pistole che sparano e cinture che strangolano e coltelli che tagliano le gole: non so quale mente perversa li inventi.

Sua madre, se la vedesse, la esorterebbe a leggere: Leggi, Lori mia, che i libri fanno fiorire il cervello, mettono radici profonde che poi si gonfiano di linfa e buttano fiori ariosi e profumati, la tua testa puzza di chiuso, dalle un poco d'aria, leggi! Ma lei, che trascina il suo pancione come fosse un peso che non la riguarda, è diventata apatica e pigrissima. Dal letto passa al divano e dal divano al letto. Non le viene nemmeno in mente di chiamare François che aspetta notizie della sua amata: non legge, non parla, non so nemmeno se segua veramente quelle stupide e violentissime storie che corrono sullo schermo. Se ne sta lì inerte, quasi imitando sua madre, che non si può muovere ed è nutrita da tubi e tubicini. E Tulù? le chiedo preoccupata. Mi risponde con un'alzata di spalle. L'hai lasciato? È lui che ha lasciato me quando ha saputo del bambino che non è suo. È per questo che stai così di cattivo umore? Chi ti ha detto che sono di cattivo umore, nonna? tu non capisci niente. Ma lo dice con una tale rabbia e un tale livore che mi conferma la mia idea che sia di pessimo umore.

3 luglio

Sempre qui, a parlare con te, stupida macchinetta del cazzo. Maria giace muta e sorda, Lori mi aggredisce ogni volta che le rivolgo la parola. Mi hanno chiamata dall'ospedale. Un medico molto gentile mi ha detto che hanno bisogno del letto di Maria, che ci aiuterà in tutto ma dobbiamo portarcela a casa. Allora sta meglio? ho commentato quasi piangendo dalla gioia. È stazionaria, è stata la risposta, e non sappiamo bene quanto possa durare, per questo ve la dovete portare a casa. Così, in coma, e chi la curerà? L'ospedale vi aiuterà ad allestire una stanza, un infermiere verrà a trovarla ogni giorno seguendo il protocollo internazionale delle persone in stato vegetativo; disporrete della nutrizione artificiale attraverso la cannula tracheostomica, avrete diritto a una *carta dei servizi* che vi procurerà un'assistenza di *nursing* domiciliare, vi forniremo l'ossigeno e tutta l'attrezzatura necessaria, vedrà che andrà tutto bene. E dài con il gergo medico che è fatto apposta per non lasciar capire niente a chi è malato e a chi l'assiste.

E come faremo a curarla? ho chiesto preoccupata. Imparerete, ha sentenziato il medico guardandomi dritto negli occhi con aria ironica e punitiva nello stesso tempo. Non è proprio bello il dottor Salsa, dice Lori, non ha mento e la bocca si attacca direttamente al collo. Eppure ha qualcosa di attraente: due occhi grandi e stellati, due braccia lunghe a cui sono attaccate mani gigantesche dalle unghie pulite e ben tagliate. Con quelle mani potrebbe tirare su il mondo, come Atlante, e metterselo sulle spalle per portarselo a casa. Un mondo pesante di malati e gente in coma da anni. Ma quanto potrà durare, dottore, c'è la possibilità che Maria torni alla vita? Sì, ci sono delle possibilità, ma non sappiamo quante. Vede, una volta era facile capire se una persona era viva o morta, adesso le cose si sono complicate; un tempo non c'erano le macchine che tengono in azione la pompa centrale, il cuore, anche se il cervello ha smesso di funzionare, cara Gesuina, non c'erano l'ossigenatore e il nutrimento in vena per conservare fra noi persone che in altre epoche sarebbero state considerate perse. Per questo è difficile decidere se insistere con le cure, che alcuni chiamano *accanimento terapeutico*, o lasciarle andare tagliando il nutrimento e la respirazione artificiale. Ma lei cosa farebbe, dottore? Non lo so, penso che dobbiate aspettare e poi deciderete. Ma quanto tempo? Qualche mese, un anno. E se non dà segni di vita? Io non posso dire niente: se voi penserete che sia il caso di staccare la spina, lo farete, altrimenti continuerete a tenerla in vita artificialmente. Certo non è di grande aiuto, dottor Salsa. E lui mi prende una mano fra le sue, la stringe e sorridendo mi dice: Ci vuole molta pazienza, Gesuina, e so che lei ce l'ha. Si occupi con amore di sua figlia, a volte l'amore fa miracoli. A volte, lo so, ma non sempre, ribatto. Lui ride e si allontana ciabattando con gli zoccoli bianchi da medico di turno.

10 luglio

La mamma è tornata a casa, sdraiata e immobile, le mani bianche come la neve appoggiate sul petto, come se fosse morta, ma non è morta, per fortuna, e ora l'avremo fra di noi, mentre Prometeo cresce, lei dorme, ci sarà un principe felice che verrà a svegliarla? basterebbe un bacio, dice la nonna, ma François è nella sua Lille e telefona sempre più raramente, ogni tanto chiama ma non parla molto, chiede come sta Maria e sospira quando gli diciamo che è ancora in coma, mette giù senza aggiungere niente, credo che si sta abituando all'idea di perderla, ogni tanto gli parlo del bambino, ma lui taglia corto, come se non fosse suo, È tuo figlio! vorrei gridargli, ma non lo faccio perché un figlio non si impone, se lo vuole lo cercherà, questa arroganza mi fa venire i nervi, come se il bambino ha qualche colpa, come se è lì per caso, anche se in effetti è così, più che l'amore, l'attrazione sessuale, questo bambino nasce dal caso, il piccolo Prometeo spunta fuori da un incidente, eppure ha voluto nascere per forza, rubare il fuoco alla morte e aggrapparsi alla vita, per questo io lo voglio chiamare Prometeo, lo difenderò contro tutto e contro tutti, una madre e un figlio sono la cosa più potente al mondo, possono sfidare l'universo, a furia di morsi e abbracci ce la faranno sempre perché il futuro dipende da questi due corpi uniti che si nutrono a vicenda, che si prendono per mano e vanno verso il futuro di merda che ben conosciamo, ma vanno e non perderanno mai il cammino perché le prossime ore, i prossimi anni sono tutti per loro.

22 luglio

La vita è diventata complicata, ho dovuto imparare il segreto dei tubi: piccoli, grandi, di plastica, di tela cerata, di nailon, di gomma, ce ne sono di tutte le qualità, e bisogna sempre stare attenti che facciano scorrere i liquidi di cui ha bisogno una donna in stato vegetativo come la povera Maria. Agganciata ad ogni tubicino c'è una piccola valvola di metallo con cui si può regolare la caduta del fluido. L'infermiere mi ha insegnato a infilare il tubo nel piccolo rubinetto che Maria porta inserito sul petto, sotto la spalla sinistra. I tubi naturalmente ogni volta vanno lavati e disinfettati. Poi ci sono i tubi più leggeri che sono collegati a un bottiglione sospeso su un attrezzo di ferro a forma di forca e che servono per nutrirla e passano attraverso un altro rubinettino legato al polso, e infine c'è il tubo del catetere che versa l'orina in un sacchetto appeso a un gancio fissato al letto. Insomma, il corpo di Maria è un itinerario di tubi e tubicini che si inseguono, si intrecciano, si sovrappongono. Un groviglio di strade liquide, piccola dolcissima Maria, che ti attraversano il corpo inerte, ti tengono in vita, ma il cervello, il cervello che guarda, capisce, giudica e decide dove sta? È come se nella tua testa quella noce di volute intelligenti e smagate si fosse congelata e non sentisse il calore del mondo che vince sul freddo dell'inesistenza, come se il tuo corpo fosse tornato indietro di millenni, all'epoca delle glaciazioni. Ma gli uomini, i nostri antenati, in quelle occasioni si sono sempre spostati verso il sud, hanno cominciato le grandi migrazioni. E tu, Maria, quando intendi cominciare il viaggio verso sud, verso la vita, verso la terra scaldata dal sole, verso noi che ti aspettiamo come le palme vive e fruttuose dell'Africa dei sentimenti? Una preghiera un poco letteraria, me ne rendo conto, figlia mia, ma è proprio ricorrendo al linguaggio che più ti è familiare che cerco di parlarti.

Se mi rivolgessi a te con le parole sgangherate e verbose di Lori, non solo non capiresti, ma ti sentiresti quasi offesa dalla mancanza di aria nelle frasi.

L'infermiere con le braccia tatuate, quello che abbiamo incontrato in ospedale, viene quasi ogni giorno. Si alternano lui che si chiama Angelo con una donna che si chiama Alessia e va in giro con le braccia scoperte, ma non ha segni di tatuaggi, bensì porta braccialetti scintillanti con campanellini che penzolano e suonano ad ogni movimento del polso. Angelo è bravissimo, ha le mani delicate e svelte, solo che è brusco, a volte troppo precipitoso e infatti qualche disastro lo fa, ma poi rimedia subito con le sue dita esperte e Maria mi pare che respiri con più regolarità quando lui è nelle vicinanze. Mentre Alessia è una posapiano. Fa ogni cosa con estrema lentezza e qualche volta si dimentica per strada quello che sta preparando e ricomincia tutto daccapo. Da lei ho imparato a fare le iniezioni in vena. Non ci vuole molto, bisogna stringere il laccio al di sopra del gomito e poi sentire la vena che si trova più in rilievo, quindi picchiarci un poco sopra coi polpastrelli, e alla fine inserire l'ago quasi in orizzontale e se becchi la vena subito sei molto brava, altrimenti sei una frana. Lei la becca sempre, però mi ha detto che ci sono delle vene che scappano come le anguille appena sentono arrivare l'ago e diventa difficilissimo inseguirle e acchiapparle. Ma quindi le vene si muovono? Sì, certo, si muovono, come tutto nell'universo, ha risposto lei, serafica, crede che stiamo fermi su questa terra? eh no, il mondo va rotolando a velocità sostenuta nel sistema solare e non si ferma mai, così come non si fermano le nostre cellule, che nascono, si riproducono e muoiono ogni secondo. La guardo ammirata: l'universo e il corpo umano non hanno segreti per lei, e tratta tutti e due con la stessa cordiale, spiccia competenza. Ormai siamo diventati amici: Angelo appena entra chiede un caffè e mentre lo aspetta s'infila con fare da padrone nella camera di Maria, si avvicina al letto e con gesti bruschi la rivolta a pancia in giù scoprendole la schiena per vedere se ha segni di nuove piaghe, e se le trova, le cura con cotone pregno di un disinfettante rosa e una crema bianchiccia che lascia le mani unte. Mi ha fatto comprare una pelle di pecora che, lui sostiene, regge meglio lo sfregamento della pelle ormai senza muscoli. Poi controlla i tubicini, la valvola, il rubinettino da dove entrano i liquidi. Quindi prende la temperatura, la pressione, segna tutto su un foglio e se ne scappa dopo avere bevuto in fretta e furia il suo caffè bollente. Mentre lavora, lo osservo. La sirena e il bastimento stanno sempre lì a rassicurare il mio sguardo inquieto. Mi chiedo se la sirena innamorata del misterioso marinaio raggiungerà mai l'uomo amato o se sarà costretta per tutta la vita a inseguire quel battello dalle grandi ali spiegate che corre veloce verso il futuro, imprigionando nel suo seno il corpo bellissimo e irraggiungibile del giovane navigatore.

La cura di Maria mi ha distolta dagli amori veri e finti a cui ero abituata, mi ha allontanata dai giochi che mi scaldavano le giornate. La vita mi ha dato un colpo sulla testa, proprio come ha fatto con Maria, mi ha messo due ceppi alle caviglie e ora mi tocca stare molto più spesso a casa, affrettarmi quando esco per le iniezioni e lavorare di gomito e di testa, se voglio mantenere in vita questa figlia mezza di là e mezza di qua. Ho quasi dimenticato il fornaio, anche se il baciatore mi aspetta sempre nel suo negozio e appena mi vede mi chiama da lontano e mi mostra il pane che ha messo da parte per me. Devo dire che è commovente la sua fedeltà ai baci. Questo è per te, non voglio nulla, ma vieni un momento qui dietro, dice, e mi tira verso il retrobottega, dove possiamo baciarci, anche se in fretta e furia. Il bacio, Gesuina, è il sale della vita, mi sussurra all'orecchio e appoggia le sue labbra morbide e gentili, che hanno un buon odore di pane fresco e di lievito, sul mio lobo. Devo ammettere che, nonostante l'impazienza, i suoi baci hanno conservato qualcosa della vecchia emozione. Simone sa baciare con ardimento e timidezza, con dolcezza ed energia. I suoi baci sono, come lui teorizza, prevedibili e struggenti nello stesso tempo. Ne esco sempre un poco turbata. Ho fretta, dico, Simone, lasciami andare, ho mia figlia che sta a casa sola e devo occuparmi di lei. Questa pagnotta è per la figlia allettata, fa lui, anche se sa benissimo che Maria non mangia, non parla, non caca, non vede, a stento respira. Gliel'ho spiegato ma Simone ogni volta finge di averlo dimenticato e mi porge il pane sussurrando: Per la bella Maria! E via, col pane sotto il braccio filo verso casa. Dove c'è sempre Lori, che ormai non esce quasi più, ma di lei non posso fidarmi del tutto.

Filippo si è perduto nelle nebbie del web. Avrà trovato un'altra donna da amare e controllare a distanza. Non ci siamo mai incontrati anche se i suoi messaggi da ultimo erano diventati quasi insultanti per i continui sospetti e le continue ingiunzioni. Dove sei stata? Con chi? Che hai fatto? Hai pensato a me? quante volte? Perché non hai risposto al mio WhatsApp delle 12.10? Ma Filippo, io ho da fare, non sono una casalinga, anche, forse, ma oltre alla casa devo pensare alle iniezioni che vado a fare in giro per il quartiere per guadagnare. A chi le fai le iniezioni, solo alle donne o anche agli uomini? Be', Filippo io non sto a discriminare, dove mi chiamano, vado, faccio punture sia alle donne sia agli uomini. Malissimo, non dovresti scoprire il sedere degli uomini, sei una degenerata, e così via di seguito. Pretendeva di possedermi a distanza e controllarmi come fossi una sua proprietà. Quando gli ho detto della figlia in coma, però, l'ho sentito ritirarsi come una lumaca nel suo guscio. Per qualche giorno ha scritto ancora ma in modo vago, adducendo strane scuse, e poi è sparito. Tutto il suo amore si è prosciugato come neve al sole e poco dopo ha smesso di scrivermi. Meglio così. Adesso non ho proprio il tempo per giocare all'amore.

Mentre Maria era viva e attiva, mi consideravo più una figlia che una madre, ora devo per forza fare la madre di una figlia che non mi è più madre ma irrimediabilmente figlia e dipendente da me per ogni necessità del suo corpo inerte. La bella addormentata nel bosco, come la chiama Lori, che aspetta il bacio del bellissimo principe. Ma verrà mai questo bel principe? E quando? E dove? E resterà, se alla fine decidesse di venire? E se invece non arrivasse per niente? Maledetta attesa, che ci fa stare sospesi e sempre all'erta. Aspettiamo trepidanti un sorriso, una parola bisbigliata, un battito di ciglia, gesti minuti e rivoluzionari che ormai ci sembrano sempre più improbabili ma che pure siamo sicure che possano sorprenderci e ci tengono sul chi vive per tutta la giornata e la notte.

Dormo poco ormai, anzi pochissimo, mentre prima mi facevo le mie otto ore, adesso ne dormirò sì e no tre o quattro, sempre con l'orecchio al respiro di Maria, sempre pronta a un suo richiamo, una sua parola. E fra un risveglio e l'altro, faccio sogni pesanti, inquietanti. L'altra notte ho sognato un cane a due teste che mi si metteva davanti e con voce del tutto umana mi parlava di Prometeo e mi diceva che bisogna organizzare una spedizione sulle montagne più alte per andare a liberarlo dall'aquila vorace. Non lo ribadisce anche quel vostro francese, che Prometeo è un eroe? E perché lo lasciate lassù a soffrire legato a quella roccia? Io pensavo: sì, ha ragione, ma dove sta questa roccia e come si fa a raggiungerla? Il cane non mi ascoltava, scuoteva in maniera piuttosto inquietante le due grandi teste dai folti peli che gli facevano una corona attorno al muso. Che fosse un leone a due teste? Una creatura delle foreste più buie e inquietanti? I denti non li ho visti mentre parlava, ma ho visto le labbra nere e gli occhi che mi fissavano severi.

Ore 18

Sono un poco preoccupata perché Lori ha avuto dei grandi mal di pancia e ho temuto che potesse abortire. Ho chiamato la dottoressa Amelia dicendole se per favore poteva venire a casa a visitarla, perché Lori non si muove e io non posso accompagnarla lasciando sola mia figlia in coma. La dottoressa è venuta, l'ha visitata. Ha detto che il bambino cresce bene, è sano, e forse anche troppo grosso e pesante per una madre non particolarmente muscolosa. Anche lei ha insistito che Lori mangi carne, pesce e verdure e non solo gelati, che faccia lo sforzo di camminare, perché i muscoli sono importanti e senza muscoli un figlio non ce la fa a uscire da solo, forse ci vorrà il cesareo, anche se è sempre preferibile un parto naturale. Al primo figlio funziona ma al secondo diventa più difficile e quella povera pancia si trasforma in un colabrodo. Ha detto proprio così, un colabrodo. Lori l'ha sentita ma ha fatto spallucce. Non mi sembra che abbia voglia di uscire più di quanto faccia già.

Per disperazione ho telefonato a Tulù. Anche se non

lo conosco, so tutto di lui e vorrei parlargli un poco di Lori. Tulù è stato gentile ma severo: Lori ha fatto un figlio con un altro, che se ne occupi il padre, io non c'entro, fra l'altro, signora, volevo dirle che ora abito con la mia nuova ragazza tedesca che si chiama Andrea, ci vogliamo molto bene. Tieni e porta a casa, insomma. Ho dovuto annunciare a Lori che Tulù ha trovato un nuovo amore, che si chiama Andrea, è tedesca, fa la maestra di ginnastica, e vive con lui. Una più grande di lui, che se la goda! ha commentato apparentemente disinteressata, ma sembrava piuttosto allarmata.

25 luglio

L'altro ieri, entrando in casa, ho trovato i due infermieri, Alessia e Angelo, che facevano l'amore in piedi accanto al letto di Maria in coma. Si sono spaventati non avendo sentito il rumore della porta che io apro sempre con delicatezza per non disturbare la bella addormentata. Ho scoperto che quando si sbattono le porte, lei ha un leggero sussulto. Quindi i rumori li sente. Allora qualcosa di vivo in lei c'è, mi dico, e sono presa da una tale gioia che mi passa ogni stanchezza.

Alessia si è ricomposta la gonna arrossendo e Angelo si è tirato su i pantaloni con gesti rapidi e sbruffoni, come se fossi io colpevole di averli disturbati in un atto lecito e normale: che sarà, due giovani infermieri non possono fare l'amore quando e come vogliono? Non ho pronunciato una sola parola di rimprovero, anzi ho sorriso commentando che l'amore è vita e forse può aiutare una mezza morta a ritornare fra noi. Insomma, quasi li ho ringraziati per quello che stavano facendo e loro mi hanno guardato con stupore. Ma dov'è Lori? Mi sono meravigliata di non trovarla bivaccata sul divano. È uscita, mi hanno risposto come se fosse una cosa normale. Uscita dove? e quando torna, ve l'ha detto? Ma non ne sapevano niente. Così è nata un'altra preoccupazione. Dove sarà andata, che non si muove mai di casa? Avrà per una volta voluto seguire le indicazioni della dottoressa Amelia o si sarà buttata nel fiume per la disperazione che la abita in questi giorni? Ma non ho telefonato alla polizia. Per dire cosa, poi? Mia nipote incinta è uscita di casa e non so dove sia andata? Mi manderebbero a quel paese. Aspetterò ancora un poco.

Ore 20

Infatti Lori è rientrata. Le ho fatto un'urlataccia: Dove sei stata che mi hai fatto preoccupare? Dove cavolo mi pare, ha risposto lei sempre strafottente e rabbiosa. Ma stai male, hai bisogno di qualcosa? ho insistito vedendola barcollare sudata. Certo una gita sotto il sole con il pancione, lei che non è abituata a muoversi, non può che averla stremata. Sono stata da Tulù. E come mai, hai parlato con lui? No, ho parlato con lei. La nuova compagna, Andrea? e che vi siete dette? Nonna, è troppo complicato, comunque mi ha dato uno schiaffo e io l'ho presa a calci. Sei proprio matta, lo sapevi che si era messo con un'altra, perché sei andata in casa loro? Io volevo solo vedere la faccia di Tulù, sentire la sua voce e dirgli che il figlio lo chiamerò Prometeo. Tutto qui? Tutto qui.

E perché questa Andrea si sarebbe arrabbiata? Be' perché scherzando le ho detto che il figlio potrebbe anche essere di Tulù. Sei proprio incosciente, e Tulù dov'era? Che ne so, non c'era, la scema ha pensato che la volessi ricattare: Vieni a chiedere soldi per un figlio che non sai di chi sia? Sei proprio una sciagurata, ma cosa le hai chiesto? Non le ho chiesto niente, nonna, le ho solo spiegato che sto nella merda e non ho neanche di che comprarmi un abito decente perché i miei mi stanno tutti stretti. Insomma, eri lì per elemosinare, sei proprio pazza, elemosinare a una che non conosci, che non ti deve niente! Ma io volevo parlare con Tulù. Appena ti ha detto che non c'era, dovevi andartene, che c'entra lei in tutto questo? È una cretina quella Andrea del cazzo, non sa niente di Tulù e secondo me neanche lo ama. Io invece so tutto di lui, conosco ogni angolo del suo corpo, della sua testa bacata, e lei si permette di trattarmi come un'intrusa, nonna, mi ha fatto saltare i nervi, lo capisci sì o no? No, non ti capisco affatto, Lori, mi sembri una pazza e anche scriteriata!

30 luglio

Il caldo mi sta sciogliendo il cervello. La pancia di Lori è diventata una cupola. Cammina a stento per casa, senza lavarsi né vestirsi, in vestaglia, eternamente musona e scontenta. Ora però mangia e chiede a ogni pasto uova fritte, cotolette, pasta al pomodoro, pesce al forno, patate arrosto, e ogni cosa che cucino se la spazzola via. Infatti è ingrassata e ha anche i piedi gonfi. Quando posso, mi consulto con la sua ginecologa, la dottoressa Amelia, che mi rassicura: il bambino sta bene, verrà fuori grosso e paffuto, forse dovremo tagliare, ma non importa non sarà la prima né l'ultima a fare il cesareo.

Mi sento sempre più sola in questa casa abitata da una morta e da una viva che sembra morta pure lei. Non scrive neanche più sul suo diario, la pigrissima Lori. La chiavetta del nascondiglio l'ha dimenticata nel cassetto del comò. Potrei andare a vedere, ma tengo a bada la mia curiosità. È da molto che non la vedo china sul suo quadernino con i tulipani sulla copertina.

2 agosto

Stamattina Simone mi ha dato dei panini all'olio freschi e ancora caldi: *Per la tua Maria* ha detto dopo avermi tirata nel retrobottega per il solito bacio. Ci siamo abbracciati in quell'odore di lievito e di farina, le nostre lingue si conoscono, si carezzano, le nostre labbra premono le une contro le altre con sensualità sempre nuova. Anche se in fondo in fondo c'è una specie di disperazione nel nostro baciarci: lui intrappolato in un matrimonio che serviva solo per fare un figlio con una giovane donna che non riesce a restare incinta, io intrappolata in una casa dove giace una figlia che non si sa se vivrà oppure no.

Sai, ho pensato di lasciare mia moglie e mettermi a vivere con te. Con me? Sono pazzo dei nostri baci. Ma non lo saresti più se fossimo liberi di farlo in ogni momento, e poi ricordati che ho in casa una figlia in coma e non posso lasciarla. E comunque sappilo, Simone: i nostri baci sono belli perché sono rubati, perché siamo nascosti nel retrobottega, e andiamo d'accordo perché tu sei impotente e io sono vecchia. Sì, forse hai ragione, Gesuina, ha ammesso contrito, sei sempre la più saggia, ma promettimi che non smetteremo mai di baciarci, ne ho bisogno come dell'aria. La promessa è stata sancita da un ultimo bacio dolcissimo e penetrante. *Dammi mille baci e poi cento, / poi ancora mille, e poi di nuovo cento…* Ci siamo abbracciati in preda a una disperata solidarietà amorosamente impotente.

18 agosto

Il caldo non accenna a diminuire. Non piove da mesi e l'aria è secca e puzza di benzina bruciata. Lori gira per casa seminuda, sbattendo le porte, ciabattando, i capelli appiccicati al cranio, gli occhi pesti, il respiro corto. Solo quando ci sono gli infermieri si copre, ma di solito si chiude in camera e non li saluta nemmeno. Maria, che con le cure di Angelo, Alessia e mie è sempre pulita e in ordine nel suo letto che profuma di stirato, dorme beata, adesso la sua faccia è veramente serena, come se sognasse cose buone.

Ieri è arrivato il libro stampato: *Madame Bovary* di Gustave Flaubert, traduzione di Maria Cascadei. L'ho portato al capezzale di mia figlia, le ho posato il libro sul petto e le ho parlato piano piano.

Ecco il libro su cui hai faticato tanto Maria, guarda com'è venuto bene, guarda che bella edizione che ti hanno mandato! vedi, in copertina c'è una donna dai capelli raccolti sulla nuca, le piccole orecchie ben disegnate, gli occhi vivaci, la bella bocca rosata, il vestito azzurro che descrive l'autore quando racconta di Emma, guarda, queste sono le tue parole su cui hai tanto faticato. Ore e ore al tavolino, con accanto il dizionario Larousse che quasi va a pezzi tanto l'hai consultato, e tutti i fogli che hai riempito prima di trascrivere ogni cosa sul computer e consegnare all'editore, ricordi?, eri così contenta di avere finito il lavoro in tempo e aspettavi il denaro prima di partire con François che per una volta aveva ottenuto due mesi di ferie... Ma come ha fatto a ottenere due mesi di ferie? Aveva rinunciato a tutte le giornate di riposo a cui aveva diritto accumulando straordinari non pagati e ora gli toccavano due mesi di libertà dall'ufficio.

Ho ancora le tue lettere dall'Olanda, Maria mia, ogni tanto le rileggo, ci parlavi di Van Gogh, ti ricordi?, la tua passione, e delle passeggiate che facevi con il tuo amore lungo i canali e dei battelli che prendevate e delle aringhe e dei tulipani. A proposito, non ho dato l'acqua ai tulipani che stanno patendo sul terrazzino, li ho un poco trascurati ma ti prometto: stasera stessa li annaffio ben bene. Sai che sei proprio bella, più bella che mai Maria mia? sei cambiata in questi mesi, sei diventata più pallida, ma anche più serena, meno guardinga e accigliata. Non vorrei che fosse un segno di resa. Tu devi resistere, devi resistere, Maria, perché noi aspettiamo un segno, solo un battito di ciglia per tornare a respirare con pienezza. In questa casa tutto è sospeso in attesa del tuo ritorno, una casa immobile, fatata, una casa stregata, come dice Lori, la casa della bella addormentata che aspetta il principe felice che verrà a darle un bacio. Ti dovrei far sentire le teorie sui baci di Simone il fornaio, sono un po' ridicole ma sono anche piene di una dolce fascinazione. Il fornaio Simone ha cacciato tutta la sua sessualità nei baci, non sa che farsene del coito, per lui è una cosa volgare, violenta, inutile: i genitali sono troppo vicini agli orifizi da cui espelliamo gli escrementi, l'orina, tutta roba che puzza, che c'entrano con l'amore? la bocca è un'altra cosa, la bocca sa di caffè, di zucchero, di gelato, di cannella, di vino, perfino di tabacco, ma vuoi mettere con la merda? Ti ricordi la canzone napoletana che dice: *Ma cu sti modi oje Brigida / tazza e' cafè parite / sotto tenite o zuccaro / e 'ncoppa amara site / ma i' tanto ch'aggia vutà / tanto che aggia a girà, / che o' ddoce sotta a tazza / fin'a mmocca m'ha dda arrivà.* Me l'ha cantata l'altro giorno Simone poco prima d'incollare le sue labbra alle mie. Mi fa ridere quando sentenzia su queste cose il fornaio Simone, però devo dirti che i suoi baci sanno di zucchero e cannella come dice la canzone, e che ha una dolcezza in quelle labbra che fa venire voglia di dire: Simone, ancora un altro bacio...

Sarebbe così bello se tu aprissi un occhio, Maria, c facessi un sorriso, anche appena accennato, solo un piccolo misero sorriso per dirci che sei ancora qui, che non te ne sei andata per sempre. D'altronde il tuo corpo non vuole lasciarci per sempre, lo sai anche tu, il tuo cuore continua a battere, i tuoi polsi pulsano, solo il tuo pensiero sembra svanito, come sospeso nel nulla, ma i tuoi capelli crescono, le tue unghie che ogni tanto taglio con attenzione per non farti male con le forbici germogliano, quindi tu sei ancora qui, il tuo corpo vuole vivere Maria, vuole alzarsi e camminare. Perché non scendi da quel vuoto e vieni a dirci buongiorno? Il signor Flaubert e noi tutti, compresi gli infermieri Angelo e Alessia, per non parlare di Lori, ma perfino del fornaio Simone, aspettiamo che tu faccia un cenno, un solo cenno, magari un sospiro e noi balliamo di gioia.

Ore 14

Quando è arrivato Angelo con il suo battello in moto sopra i muscoli tesi, mi ha chiesto che ci faceva un libro sul petto della degente, ha detto proprio così, abituato com'è al linguaggio burocratico dell'ospedale. Ha lanciato il libro sul divanetto che sta sotto la finestra e si è messo a trafficare sul corpo inerte di Maria. Le piaghe sono guarite, ha visto? Mi parla con arroganza, come per dimostrare che lui ci sa fare, che le sue cure sono necessarie ed è inutile che io gli ricordi che è stato a dir poco sfrontato nel fare l'amore con l'infermiera Alessia accanto a Maria in coma.

Il bello è che io non l'ho affatto rimproverato, ma lui pensa che lo voglia fare e mi previene con questo atteggiamento spavaldo e provocatorio. Questa secondo me prima o poi si sveglia, ha sentenziato mentre le massaggiava i piedi e le piegava le ginocchia per tenere desti i muscoli, come dice spesso. Mi sono concentrata sul battello che, mentre Angelo agita le braccia, gonfia le sue vele, e ho dato uno sguardo alla sirena che continua ad allungare la sua piccola testa dai lunghi capelli verdi verso il suo innamorato chiuso in quel vascello d'altri tempi. Non s'incontreranno mai, eppure l'amore da lontano non smette di tormentarli.

Il proprietario di quelle braccia intanto ha continuato a parlare: mi ha detto che sua moglie legge e mi ha chiesto se posso prestarle un libro visto che in questa casa ce ne sono tanti. Ho risposto di sì. Tanto la signora Maria non li leggerà più, ha aggiunto, ma poi si è corretto, anche se torna in vita, non credo che avrà voglia di leggere, con tutti i muscoli malandati, perfino gli occhi hanno i muscoli, lo sa? Io ho fatto un cenno con la testa e lui ha continuato imperterrito raccontando che sua moglie ha il diabete, e perciò ha perso il lavoro, e lui deve faticare il doppio per portare a casa i soldi. Ha aggiunto che ha quattro figli, tutti piccoli, e che non sa come fare per sfamarli. Tutto questo per giustificare quel gesto poco serio per un infermiere patentato? Va bene, va bene purché stia zitto, avrei voluto dirgli, ma l'ho lasciato sfogare, sapevo che ne aveva bisogno. Non so se la mia tolleranza nasca dalla generosità o sia solo una tattica per tenermelo amico, o ancora peggio un gesto di vile consenso: la paura di perdere le sue cure sul corpo di Maria che ne ha tanto bisogno. Ho capito che vorrebbe un extra e farò in modo di farglielo avere anche se qui tiriamo la cinghia e risparmiamo pure sul latte per andare avanti solo con le mie iniezioni.

24 agosto

Lori ha delle crisi. Si chiude in camera e piange ascoltando delle canzoni indiane da dei dischi che le ha regalato Tulù. Dovrei afferrarla per un braccio e portarla fuori da questa casa ferma nel tempo e maledetta dagli dèi, ma non posso lasciare sola Maria. Non mi fido neanche più degli infermieri. Ormai cerco di essere sempre presente quando vengono per le cure giornaliere.

Ho preso l'abitudine, quando sono sola con lei, di leggerle pagine di *Madame Bovary* nella traduzione su cui si è spesa per quasi un anno. Una traduzione accurata e molto piacevole nella scelta delle parole, me ne accorgo leggendo a voce alta. Lei è lì immobile e cerea, ma in certi momenti ho l'impressione che qualcosa del suono delle parole le arrivi al cervello passando come un'acqua vaporosa dalle orecchie chiuse.

Leggendo di Charles che entra in classe e che, dopo aver osservato i suoi compagni che lanciano il berretto sul proprio banco senza sbagliare, scaglia a sua volta il berretto, che va a finire sotto la cattedra scivolando lungo tutto il pavimento della classe, mi sono messa a ridere da sola. E per un momento ho avuto l'impressione che il corpo di Maria avesse una scossa, un piccolo riso sotterraneo che le ha fatto tremare le palpebre e sussultare il ventre. L'ho guardata trattenendo il fiato, ma era immobile come sempre. Ho ripreso a leggere ridendo, ma poi non sono riuscita a trattenermi: mi sono alzata, sono corsa a bussare alla porta di Lori per dirle che Maria aveva riso con me. Probabilmente non era che una mia impressione, ma per un momento il letto si era scosso, ne ero certa, e volevo che Lori sapesse. L'ho trovata stesa con due cuscini sotto la testa e un libro in mano. Oh, finalmente hai ripreso a leggere, ho detto. Lei mi ha sorriso. Una cosa inaudita. Non mi ha cacciato dalla camera, non ha fatto un grugnito rabbioso, mi ha solo sorriso. La mamma tornerà fra noi? ha chiesto soave, quasi fosse una cosa ovvia, questione di minuti. Spero proprio di sì, il dottore dice che è possibile anche se non sicuro.

10 settembre

Il bambino è nato. Prematuro ma sanissimo. Per una volta ho lasciato Maria in mano all'infermiere dalle braccia tatuate e ho accompagnato Lori all'ospedale, dove ha avuto un parto molto più facile di quello che si prospettava. Non c'è stato bisogno del cesareo. La dottoressa Amelia è venuta a salutare la neomamma. Il medico dell'ospedale, il dottor De Angelis, mi ha indirizzato un largo sorriso mentre si allontanava frettoloso lungo il corridoio ciabattando nei suoi zoccoli di plastica bianchi. Il piccolo Prometeo ha subito urlato la sua voglia di vivere mostrando di avere polmoni ampi e potenti. Lori si sta riprendendo in fretta. E già si chiede se ce la farà a tornare a scuola e che fare col lattante. Il parto l'ha cambiata visibilmente: non più musi, pianti, rabbie e scontrosità, ma una pacifica voglia di tenere attaccato il corpicino del figlio appena nato. Non vuole staccarsi da lui neanche per un attimo ed è contenta che il suo latte sia abbondante e il bambino avido e pronto sempre ad attaccarsi al capezzolo.

Una madonna col suo figliolo in grembo, ha commentato Alessia osservando Lori tornata subito a casa. Alessia è venuta per due giorni di seguito in sostituzione del collega Angelo, costretto a casa per febbre alta. Mi è sembrata strana questa assenza, quasi che l'alternarsi del giorno e della notte fosse stravolta. E mi sono resa conto che, con gli occhi della mente, cercavo il battello dalle vele spiegate sul braccio sinistro di Angelo, mentre sul braccio destro inseguivo la donna dai capelli verdi e la coda di pesce, innamorata del marinaio invisibile. Lori mette su bandiera quando deve allattare. Se potesse, lo farebbe al balcone, invitando tutti i passanti ad ammirare il suo seno turgido a cui si aggrappa il suo bambino dalle cosce talmente grasse che fanno pensare a certi angioletti volanti attorno agli altari delle chiese barocche, tutto riccioli e braccia grassottelle sormontate da due alette di libellula. Il bimbo appena nato ha già i capelli folti in testa, gli occhi di un intenso colore azzurro quasi nero, scheggiato da piccole scaglie d'oro.

Telefono a François per dirgli della nascita di suo figlio? ho chiesto a Lori, ma lei mi ha proibito di farlo. Il figlio è mio e lui non c'entra niente. Ma è suo padre, ho insistito. Ha mai dimostrato qualche interesse per me o per il piccolo? che se ne stia nella sua Lille, non voglio vederlo. Intanto la neomadre si mangia mezzo chilo di ricotta al giorno, e poi prosciutto crudo e cotto, cotolette, pollo arrosto, la *crostata alla marmellata di more che sai fare tu, nonna*. Ma io non ho il tempo per la crostata. Le mie giornate sono rigidamente suddivise in compiti precisi: la spesa, le iniezioni che adesso mi faccio pagare di più, soprattutto se devo andare a domicilio; se vengono da me, prendo di meno, perché mi permettono di non perdere tempo con gli autobus e con la metropolitana. Poi c'è la cucina, la lettura di Flaubert al capezzale di Maria, la cura del bambino quando sua madre dorme affaticata per il sonno continuamente interrotto dagli allattamenti notturni. Prometeo non piange quasi mai, ha sempre fame e, quando vuole il seno della madre da succhiare lancia degli urli disumani. Lori si alza cinque, sei volte ogni notte per nutrirlo ma a lui non basta mai, vorrebbe stare sempre lì, attaccato al capezzolo.

25 settembre

Caro diario,

ti ho proprio lasciato perdere, ma sono stata così male ma così male che avevo voglia di morire, in questa casa che nonna chiama colpita da incantesimo, con mamma che voglio pensare che dorme e non che se ne sta andando, ma quanto dorme questa mamma sapiente che non si sveglia mai neanche quando per casa gira un buon profumo di caffè? la gravidanza è stata dura, odiavo questo figlio che mi faceva patire, ho detestato prima il freddo di gennaio e febbraio e poi il caldo di luglio e agosto che ha invaso tutte le stanze come una bestia arrabbiata, credevo che l'avrei sputato fuori questo bambino e poi basta, non ci avrei pensato più, lo volevo affidare alla nonna e partire per un viaggio lontano, non volevo più saperne di questa casa stregata, di questo corpo di balena che ho fatto, di una testa vuota di pensieri e di parole, con un po' di coraggio mi sarei buttata dal terzo piano, ma dato che sono pigra ho rimandato sempre ed è stata la salvezza perché dopo la nascita di Prometeo tutto è cambiato, l'incantesimo si è rotto, perfino la mamma sembra che si sia messa a ridere ascoltando la storia del piccolo Charles Bovary che lancia il berretto sul suo banco, mancandolo e facendolo strisciare lungo il pavimento della classe, non so se si sia inventata tutto la nonna quando sostiene che la mamma si è messa a ridere, a me pare che sia la solita Maria di un anno fa, pulita profumata ma stesa immobile sul suo letto come un corpo imbalsamato, l'ho guardata a lungo, ma non mi pare che ci sia niente di nuovo, mi pare solo un poco più pallida, è bella come una statua, mi ricorda una santa chiusa dentro una teca, povera mamma, che ti hanno fatto? e perché non decidi di andare via se non vuoi più restare con noi? intanto nonna ti legge pagine di *Madame Bovary* a voce alta, nella tua bella traduzione, fra l'altro è uscita una recensione che parla con entusiasmo della versione italiana di Maria Cascadei, peccato che non puoi leggerlo, saresti contenta, dopo tanta fatica e tanto impegno che il povero Larousse ormai ha le pagine sbrindellate, i tulipani che hai portato dall'Olanda sono fioriti tutti insieme, e sono bellissimi, sembrano di ceramica, come dicevi tu, alcuni di un rosso vivo, alcuni gialli come il tuorlo dell'uovo e altri ancora di un lilla che fa pensare alle ali delle farfalle, hanno tirato su la testa e se ne stanno dritti sul balcone come a dire che la vita è bella, ma è bella la vita? da quando è nato mio figlio, i tulipani mi mettono allegria e penso che sì, la vita è bella: *life is good* come dice la tivù appena la accendo, e mi sembra che tutto si accende in questa casa, salvo gli occhi di mamma che restano misteriosamente sprangati, *life is good* per me e per mio figlio Prometeo, ma lo sarà anche per nonna che da attrice infaticabile e amoreggiatrice farfallina si è trasformata in una formidabile e instancabile governatrice che tutto pianifica e tutto affronta con coraggio da leone? Nonna Gesuina ha perfino partecipato a un corso da infermiera per corrispondenza, così adesso, oltre a fare le iniezioni sul sedere, fa le endovenose, cura le ferite da decubito, prende la pressione, medica le bruciature, insomma fa l'infermiera a domicilio a pagamento e guadagna abbastanza per noi due, anzi noi tre, perché Prometeo mangia a tutto spiano e io con lui.

5 ottobre

La campagna brucia. I boschi sulla collina bruciano. La città è minacciata dal fuoco. Molte case sul poggio sono state evacuate e presto divorate dalle fiamme. Dicono che sono tutti incendi dolosi, ma com'è possibile che una persona sana di mente appicchi un fuoco sapendo che divorerà non solo alberi e piante preziose, ma farà morire bruciate vive tante bestie, piccole e grandi, solleverà un fumo che intossica, ridurrà in cenere piante, fiori, frutti, case, esseri umani? Un vapore nero e grasso è entrato anche a casa nostra dalle finestre aperte. Di notte si vede la collina che sovrasta la città increstata di fuochi rossi e gialli. E il fumo avvolge la città, la soffoca, ne avvelena l'aria.

Hanno trovato tre ragazzi che cospargevano di benzina un povero gatto per poi lanciarlo in mezzo alle piante secche e spargere così involontariamente il fuoco in tutto il bosco. Hanno chiesto loro perché lo facessero e questi hanno risposto: Per divertirci. È questo che circola nella testa di cazzo di un piromane? mi verrebbe voglia di prenderli uno a uno e portarli vicino agli incendi, costringerli a spegnere quei fuochi, a tirare fuori dalle ceneri i cadaveri degli animali morti e seppellirli respirando quel fumo che appesta la città: servirebbe a qualcosa? Ne dubito, ma voglio sperarlo, la mia fede nella ragione mi sostiene. Intanto mia nipote Lori sembra rinata assieme al suo bambino. Ha ripreso a scrivere sul suo quaderno a quadretti con i tulipani sulla copertina, esce ogni mattina con suo figlio in braccio, lo porta ai giardini, lo fa scendere tenendolo ben stretto dallo scivolo comunale, lo mette sull'altalena e lo fa dondolare spingendolo sempre più in alto. Sei pazza a trattare un neonato come se avesse già quattro anni! Ma lei ride e dice che il suo non è un bambino qualsiasi, è un portento, un piccolo Ercole che si aggrappa alle corde con le manine appena uscite dal grembo materno e si lancia in avanti, agitando le gambette grassocce e robuste. In questi giorni però stiamo tutti chiusi in casa per via del fumo che ci fa tossire e lacrimare. Speriamo che il fuoco non arrivi in città.

Continuo a leggere le pagine di *Madame Bovary* a Maria, la bella addormentata nel bosco. Guarda, Maria, che il bosco brucia. Bisogna che ti svegli, bisogna che usciamo da questo languore, bisogna che apriamo gli occhi, ne va della tua vita. Ma lei pare non sentire le mie parole, nemmeno il fumo che ci fa tossire, nemmeno il calore delle fiamme che sconvolgono la periferia della città.

10 dicembre

Le giornate si sono accorciate e il sole si è fatto debole, quasi spento. Con le prime piogge, per fortuna i boschi hanno smesso di bruciare. In tanti nel quartiere hanno preso la nuova influenza, che è stata battezzata ungherese perché pare sia nata lì, e mi chiamano per le iniezioni. Ho alzato i prezzi ma non hanno protestato. Adesso siamo in quattro qua dentro e l'unica che guadagna sono io. Corro dalla mattina alla sera. Ho dovuto rinunciare ai tacchi e comprarmi un paio di scarpe basse, comode. Lori dice che sembro una papera quando cammino svelta con quelle scarpe da alpina. Ho deciso di comprarmi un motorino, come quello di Lori, per fare prima. Lei ride, pensa che sarò ridicola alla mia età su quel trabiccolo. Potresti trovarti un lavoretto da fare a casa, le dico a muso duro. Ma poi devo ammettere che sarebbe difficile lavorare con quell'indemoniato di suo figlio che mangia come un orco, diventa sempre più grosso e più prepotente anche se non piange; ha capito perfettamente che in casa c'è una persona che dorme e non bisogna disturbarla. Messo per terra sul tappeto, sembra già pronto a gattonare, cacciandosi in bocca ogni cosa che incontra.

L'altro giorno Prometeo si è messo in bocca il tacco di una scarpa che sua madre gli ha dato e lo stava ciucciando come fosse un bastoncino di liquerizia. Gliel'ho strappato dalle mani ma per poco non mi faceva cascare lunga per terra tanto era la forza che metteva nel tenere quella scarpa stretta al petto. Quando lo rimprovero si sdraia a pancia all'aria come fanno i cani e si mette a ridere scalciando in alto con i piedini nudi. È un bambino volitivo ma conosce l'arte di piacere. Ha sedotto la gente del vicinato, perfino il fornaio Simone che, appena l'ha visto, l'ha messo a sedere fra due enormi pagnotte uscite dal forno in quel momento, gli ha cacciato fra le dita un biscotto al cioccolato e non ha rinunciato a tirarmi per un braccio nel retrobottega per incollare la sua bella bocca che sa di cannella alla mia. Un abbraccio frettoloso, perché avevo paura che Prometeo cascasse dalla seggiola assieme al suo biscotto. Ma per fortuna non è successo niente: mi aspettava contento rosicchiando il suo dolce al cioccolato.

Ho preso il pane e sono tornata a casa. Ho trovato Lori in cucina che si abbracciava con l'infermiere Angelo. Ho notato il guizzo dei muscoli che faceva rizzare le vele del battello sul braccio sinistro e la sirena che sollevava la testa sul braccio destro. Si sono ricomposti facendo finta di niente. Né io li ho rimproverati. Solo dopo, quando Angelo se n'è andato, ho ricordato a Lori che l'uomo è sposato, ha quattro figli, e inoltre fa già l'amore con l'infermiera Alessia. Si è messa a ridere: Lo so, nonna, il nostro era solo un esperimento. Un esperimento di che? Di buona convivenza: ormai sono mesi che ci vediamo tutti i giorni e lui mi ha detto che si eccita quando mi vede, io pure mi eccito a guardare il suo collo abbronzato, quel battello che muove le vele sul braccio mi piace e m'incanta il suo sorriso. Ma se non sorride mai! Con te forse, con me sorride e anche molto.

Ti ricordi che è sposato e ha quattro figli piccoli? ho insistito per chiamarla alla responsabilità. Senti chi parla, nonna, tu che da tempo frequenti quel cavolo di fornaio che è sposato con un cadavere occhialuto anche se non ha figli, però è accasato e tu che fai, l'adultera come Emma Bovary? Prende un'aria spavalda quando dice queste cose e non posso neanche darle torto: pratichiamo tutte e due uomini sposati anche se il suo passa dai baci al coito, mentre il mio rimane ai baci e ne fa una filosofia di vita. Pensa a tua madre che hai costretto con la tua incoscienza in questo stato d'immobilità e cerca di aiutare un poco di più in casa, io non ce la faccio a occuparmi di tutto! In quel momento abbiamo sentito un tonfo e Lori è corsa a vedere: Prometeo era cascato, anzi si era buttato giù dal letto e strisciava sul pavimento.

30 dicembre

Oggi è successa una cosa straordinaria: Maria ha aperto gli occhi e mi ha guardata senza vedermi, ma come chiedendosi dove fosse. Non ho mai visto delle pupille così luminose e nello stesso tempo cieche. Si è osservata intorno e ha fatto una smorfia di dolore. Maria! ho gridato saltando sulla sedia. Le stavo leggendo una poesia di Baudelaire: *Sotto una luce grigia / senza posa, senza ragione / si contorce e incalza / danzando spudorata e rumorosa la Vita.* Una poesia che a lei piaceva tanto. Ma subito dopo ha richiuso gli occhi ed è tornata assente. Le sue dita hanno tamburellato per qualche secondo sul lenzuolo come a suonare un immaginario pianoforte. Lori, vieni a vedere, Lori, corri!

Lori è arrivata ancora in pigiama e mi ha rimproverato: Hai le visioni, nonna, la mamma non si sveglierà mai più e quando Prometeo avrà compiuto tre anni la seppelliremo insieme nel cimitero fuori porta. Perché dici questo, Lori? tua madre secondo me sta piano piano arrampicandosi sulle rocce scoscese del risveglio per arrivare fino a noi, non devi dire queste scemenze, lei ci sente e capisce tutto e presto tornerà a camminare come fai tu e come faccio io. Si è messa a ridere: Nonna, sei un'instancabile romantica, anzi ti dirò che invecchiando stai allontanandoti dalla nonna simpatica e solidale che conoscevo e ti stai avvicinando alla mamma Maria per carattere, sogni e desideri, però sinceramente, io ti preferivo com'eri prima, stai invecchiando, nonna, non vorrei che tu te ne andassi lasciandomi sola con una madre in coma e un figlio che fa il terremoto, cosa farei senza di te?

Non ho capito se si trattava di una dichiarazione di affetto o semplicemente di una confessione di debolezza. Lori non sa cos'è il lavoro: prima era sua madre a mantenerla con le traduzioni, ora sono io con le iniezioni: cosa farebbe da sola? A parte il fatto, Lori, che io non ho nessuna intenzione di andarmene anzitempo! ho detto dolcemente, e lei si è messa a ridere e io con lei, e il bambino pure, contagiato dalla nostra allegria, ha spalancato la piccola bocca senza denti scalciando con i piedini per aria.

In quel momento abbiamo sentito una piccola risata

che veniva dal letto di Maria e ci siamo girate a vedere. Aveva gli occhi chiusi ma un piccolo e stentato riso era disegnato sulle sue labbra socchiuse, accompagnato da un gorgoglio di gola. Era proprio vero: rideva, la mia Maria, e io mi sono inginocchiata accanto a lei, le ho preso una mano e gliel'ho baciata mentre le lacrime mi colavano lungo le guance. Lori, in piedi col bambino in braccio, è rimasta impalata, incapace di dire una parola. Anche lei piangeva e il bambino ha cominciato, con un gesto da capretto, a leccarle le lacrime. Anche quelle sono buone da mangiare, ho detto, e abbiamo ripreso a ridere, ma di felicità.

Finito di stampare nel mese di ottobre 2017
presso Grafica Veneta – via Malcanton, 2 – Trebaseleghe (PD)

Printed in Italy